Silke Lüttmann

Labrador Siley ermittelt

AF208496

Tod

im

Augustfehner
Kanal

Ammerland-Krimi

Für meine
Mutter

Die Autorin:

Geboren 1971, aufgewachsen in Bad Zwischenahn und nach dem Abitur lange Jahre als Fitnessfachwirt tätig gewesen.

Sie lebt mit einem Hund glücklich im schönen Ammerland und träumt von einem Resthof, auf dem sie Schafe und noch mehr Hunde halten kann.

© 2025 Silke Lüttmann
Verlag: BoD · Books on Demand GmbH,
In de Tarpen 42, 22848 Norderstedt,
bod@bod.de
Druck: Libri Plureos GmbH,
Friedensallee 273, 22763 Hamburg
ISBN: 978-3-8423-7209-2

Prolog

Mein Name ist Siley, ich bin von blauem Blut. Ich lebe mit meinem Frauchen Silke im schönen Ammerland, genauer der Gemeinde Apen. Für andere gehören wir bereits zu Ostfriesland, darüber lächeln wir jedoch nur, ebenso darüber, dass man uns für ein Bauerndorf hält, denn bei uns ist das Leben geprägt von Moor, Landwirtschaft und Natur wohin das Auge blickt. Alles in allem ist es friedlich und wir genießen es, hier zu leben.

An diesem Tag zogen Silke und ich durch die Natur, als wir auf etwas stießen, das für uns beide kein schöner Anblick war. Falls wir gedacht hatten, dass dies schon schlimm war, hatten wir uns aber getäuscht, denn was darauf folgte, war furchtbar. Silke versuchte, mich da herauszuhalten, doch ich habe meinen eigenen Kopf und war plötzlich mittendrin statt nur dabei.

1

Es wurde gehämmert, gestemmt und gebohrt bei uns im Haus. Silke war auf die glorreiche Idee gekommen, im Wohnzimmer die Fliesen gegen einen Naturholzboden austauschen zu lassen. Die Handwerker drehten unsere Stube auf links und überall flog der Staub herum, egal, wohin ich mich auch legen wollte. „Was meinst du? Wollen wir ein wenig spazieren gehen?", forderte Silke mich auf. Ich ließ mich nicht lange bitten und stand bereits Schwanz wedelnd an der Tennentür, kaum hatte Silke die Frage ausgesprochen. „Warte kurz, ich geben den Handwerkern schnell Bescheid, dass wir kurz weg sind." Silke sprach kurz mit dem Vorarbeiter, der nickte und wir zogen los. Unser Weg führte uns über Vreschen-Bokel bis zur Staaßenbrücke, wo wir auf dem kleinen Nebenweg wieder Richtung Augustfehn laufen wollten. Silke hatte Andreas Steiner, dem Tierarzt, eine Nachricht gesendet und sich mit ihm bei der Eisdiele verabredet, um mit ihm einen Kaffee zu trinken.

Ich rannte mal ein Stückchen voraus, mal blieb ich etwas hinter Silke. Es gab so viele Nachrichten von anderen Hunden zu lesen. Silke wartete auf mich, als ich mich länger an einem Grasbüschel aufhielt, an dem mehrere Hunde markiert hatten. „Na, komm. Andreas wartet sicher schon auf uns.", drängelte Silke, lächelte aber dabei. Ich trottete weiter und trabte an Silke vorbei. Es zog mich links die Böschung hinunter. „Du brauchst hier nicht saufen.", sagte Silke, „Du kannst gleich bei der Eisdiele frisches Wasser bekommen." Mir ging es nicht um das Wasser, ich hatte zwischen den Ästen, die tief in den Kanal hingen, etwas entdeckt, das meine Aufmerksamkeit auf sich zog und ich kletterte vorsichtig weiter hinunter. Silke hatte die Hände über dem Kopf verschränkt, sie sah mich schon in den Kanal purzeln und nicht so gut riechend wieder herauskrabbeln, am besten noch mit klebrigem Kanalschlick. Ganz wohl war mir bei dem Gedanken, abzurutschen, auch nicht, aber es zog mich weiter hinunter. Da schwamm eine Jacke und ich vermutete, dass jemand diese verloren hatte, da viele Radfahrer hier entlangkamen und einer seine Jacke vielleicht ausgezogen und diese dann beim Fahren verloren hatte.

Der modrige Geruch des Brackwassers überdeckte den anderen Geruch, den ich erst richtig erkannte, als ich bereits mit den Vorderpfoten das Wasser berührt hatte. Ich bellte lautstark und aufgeregt, wobei ich ins Schwanken geriet. Kurz hörte ich mit dem Bellen auf, dann begann ich aber zu knurren. Silke stand oben auf dem Weg und linste zu mir hinunter. „Lass doch die olle Jacke.", meinte sie und verdrehte die Augen. Ich bellte immer wütender und wollte, dass Silke zu mir hinunterkam. „Siley! Nun ist es aber gut.", schimpfte sie mich und wollte weitergehen, als sie noch einmal hinsah. „Oh nein...", rief sie und verdeckte den Mund mit der Hand. Silke sah sich um, doch wir waren allein und so kletterte sie zu mir herab. „Komm hoch, ich helfe dir. Dann suche ich einen größeren Ast und versuche, was ich machen kann." Die Leiche, die mit dem Gesicht nach unten auf dem Wasser trieb, hing nur mit einer Falte der Jacke an einem Ast und drohte, weiter den Kanal aufwärts in Richtung Ortsmitte zu treiben. Ich blickte besorgt auf die Falte und Silke half mir die Böschung hinauf, indem sie mich am Geschirr leicht hochzog, damit ich es nach oben schaffte. Dann suchte sie einen Ast, den sie in dem kleinen Eck neben dem Bootshaus fand. Bevor sie mit dem Ast bewaffnet auf der Böschung hockte, zückte sie ihr Handy und rief erst Andreas an. „Ich fürchte, Siley und ich wurden aufgehalten. Kannst du zum Bootshaus kommen? Ich erkläre es dir dann beziehungsweise du wirst es dann sehen." Danach rief sie den Kommissar Marc Rohloff an. „Marc... Ich war mit Siley spazieren und... wie soll ich sagen..." Marc stöhnte laut auf, „Nicht schon wieder. Wo finde ich euch?" Silke gab unseren Standort durch und sah dann zu mir hoch. „Pass gut auf, dass keiner kommt."

Es brauchte einige Versuche bis Silke den leblosen Körper, der bäuchlings im Wasser zwischen den Ästen des in den Kanal wachsenden Baumes trieb, mit ihrem mitteldicken Ast erwischt und an das Ufer gezogen hatte. Andreas war inzwischen eingetroffen und hockte sich geschockt auf den Schotterweg. „Ist er..." „Ja, er ist tot.

Kannst du mir helfen, ihn hier solange zu halten, bis Marc da ist? Er treibt sonst in Richtung Ortsmitte und wird an der Ampel von Passanten gesehen. Ich möchte nicht, dass Kinder diesen Anblick ertragen müssen." Andreas nahm Silke den Ast ab und hielt den Leichnam damit fest. Marc erschien kurze Zeit drauf und machte Fotos und sperrte den Bereich großzügig ab. „Lass uns die Leiche aus dem Wasser ziehen.", bat er Andreas. Beherzt packten die Männer den toten Mann an der Kleidung und zogen unter großem Kraftaufwand die Wasserleiche aus dem Kanal. Die Kleidung hatte sich vollgesogen, so dass der Tote weitaus schwerer geworden war. Sie drehten ihn auf den Rücken und so konnte ich mir den Mann genauer ansehen. Der Anblick war gruselig, sein Gesicht war aufgedunsen und die Haut hatte eine seltsame blasse Farbe. Seine kurzen Haare klebten an seinem Kopf. Der Mann hatte die Augen geöffnet, was ihm einen furchterregendes Aussehen gab. Ich ging mit der Nase näher heran und roch unter dem Modergeruch des Wassers Angst. Mit der Nase ging ich entlang seines Körpers und roch zu der Angst Urin, er musste aus Angst eingenässt haben, dachte ich mir. „Siley, komm hier rüber.", lockte Silke mich weg. Ich hatte fürs erste genug Informationen und folgte ihr brav.

„Wir haben zulaufendes Wasser.", sagte Silke, denn unsere Kanäle sind Tide abhängig, „Er muss nicht hier ertrunken sein, sondern kann auch von Detern angeschwemmt worden sein." Marc nickte, „Leider..." Silke beugte sich über den Toten und betrachtete ihn genau. „Das sieht aus wie ein Hämatom.", zeigte Silke auf einen blauen Fleck an der Schläfe. „Vielleicht ist er nur irgendwo vorgeschlagen, nachdem er ertrunken ist.", Marc sah Silke an, „Es muss nicht immer ein Mord sein. Manchmal fallen Schafe auch in den Kanal und ertrinken." „Aber haben die dann auf Fesselmale an den Händen?" Silke zeigte auf die Handgelenke des Mannes, der seinem Aussehen nach schon länger im Wasser gelegen hatte. „Ich rufe die Gerichtsmedizin, die werden eine Obduktion durchführen. Dann wissen wir mehr." Der Kommissar durchsuchte die Taschen des Mannes. „Kein Ausweis, keine

Brieftasche, Geld oder Schlüssel, alle Taschen sind leer." Ich schaute mir das aufgedunsene Gesicht des Mannes an, er sah nicht aus wie einer aus unserem Dorf. „Er hat einen Arbeitsoverall an, vielleicht findet sich da ein Name.", überlegte Silke. Marc schaute auch dort nach, aber er fand nichts. „Ich werde die Identität des Mannes herausfinden." Silke sah sich noch einmal genau um und gab mir ein Zeichen, überall zu riechen, das ich dann auch tat. Ich schüttelte mich und Silke winkte mich zu sich. „Dürfen wir dann gehen?", fragte sie den Kommissar. „Ja, ich melde mich später für das Protokoll." „Ich tippe auf Mord...", neckte Silke den Kommissar und nahm dann Andreas bei der Hand. „Komm, wir trinken bei mir Kaffee. Oder hast du gleich schon wieder einen Termin?" Der Tierarzt verneinte und wir gingen zu seinem Wagen.

Auf dem Weg vom Bootshaus weg kam uns ein Streifenwagen entgegen und als wir an der Kreuzung ankamen, sahen wir den Leichenwagen vorfahren. „Du kannst nicht irgendwo hingehen, ohne eine Leiche zu finden, oder?", lachte Andreas, „Du hälst die

Staatsdiener ganz schön auf Trab."
„Siley und ich wollten nur dem Baulärm zu Hause entfliehen.", zuckte Silke mit den Schultern. Wir fuhren nach Hause und Silke bereitete Kaffee zu, sie stellte einige Plätzchen mit auf den Tisch und dann fing sie an, Notizen zu machen, was ihr aufgefallen war. Ich stimmte ihr mit Bellen, Jaulen und Knurren zu, damit sie die Wichtigkeiten ebenfalls notierte. „Nachher gehen Siley und ich die Strecke ab der Staaßenbrücke nochmal ab, vielleicht finden wir dort etwas." „Ich begleite euch. Wir könnten aber auch schon früher am Deich einsteigen, vielleicht in Vreschen-Bokel, bei der Schafstatue." „Gute Idee.", pflichtete Silke ihm bei, „Was meinst du?", wandte sie sich dann an mich. Ich wedelte mit der Rute, für den Anfang fand ich das in Ordnung.

Silke parkte den Wagen an der Schafstatue, die mich immer etwas gruseln ließ, und wir überlegten, wir wir laufen sollten. „Ich darf Siley hier nicht laufen lassen.", Silke zeigte auf der linken Seite des Deiches entlang, Außerdem schafft er es nicht über diese Gitterstäbe zu kommen." Andreas lief auf der Brücke hin und her. „Das ist ein Ausnahmezustand.", zwinkerte er, „Ich trage Siley hinüber und du lässt ihn an der Schleppleine laufen." „Nur gut, dass ich diese immer im Kofferraum habe.", grinste Silke und holte die 10 Meter lange Leine. „Die Schafe laufen auf der anderen Seite, daher geh du mit Siley hier entlang und ich übernehme die rechte Seite vom Kanal." Andreas hob mich hoch, was mir gar nicht gefiel. „Zappel nicht so.", flüsterte der Tierarzt und ich fügte mich seinem Griff, bis er mich endlich wieder auf den Boden setzte. Silke leinte mich an und wartete, dass Andreas zurück über die Brücke lief, um auf der anderen Seite auf den Deich zu steigen. „Dann mal los.", winkte er uns zu. „Such nach Außergewöhnlichem, lass dich nicht ablenken.", forderte Silke mich auf und ich machte mich an die Arbeit. Mit der Nase am Boden lief ich auf der unteren Böschung. Andreas lief ebenfalls nahe am Wasser, ab und zu hörte ich ihn leise fluchen, wenn er abrutschte, doch er suchte weiter nach Hinweisen, ob der Tote hier vorbeigetrieben war.

Silke hatte die Schleppleine locker in der Hand und suchte mit den Augen den Deich ab. „Habt Ihr schon etwas?", rief Andreas herüber. „Nein, Siley ist aber flott unterwegs." Ich lief zwischen dem hohen Gras durch, fand dazwischen einen Eimer, Glasflaschen und diverse andere Dinge, die mich kurz stoppen ließen, aber bei genauerer Betrachtung keinen Hinweis auf den toten Mann aus dem Kanal ergaben. „Hier liegt ohne Ende Müll.", schimpfte Silke. „Ja, hier auch, ich sollte meine Jungs mal wieder mobilisieren, dass wir sammeln gehen." Andreas schüttelte den Kopf, „Warum werfen die Leute nur den Müll achtlos in die Natur, ich hätte einen Müllsack mitnehmen sollen.", grummelte der Tierarzt. Ein paar hundert Meter weiter blieb ich abrupt stehen. Vor mir lag ein einzelner Gummistiefel, der etwas an sich hatte, das ich schon in ähnlicher Form gerochen hatte. Ich setzte mich und winselte, damit Silke zu mir kam. „Siley hat einen Stiefel gefunden.", rief Silke zu Andreas hinüber, der sich bemühte, über den Kanal etwas zu erkennen. „Ist er von dem Toten?" „Nein, das kann nicht, denn der Mann hatte Arbeitsschuhe an, und zwar alle beide." „Das war mir ehrlich gesagt nicht mal aufgefallen.", gestand Andreas. „Aber mit diesem Stiefel muss es etwas auf sich haben, sonst hätte Siley ihn nicht beachtet. Alles andere an Müll inklusive eines Handschuhs hat er links liegen lagen." Silke zog sich einen Einweghandschuh an, sie hatte für sich und Andreas ein paar davon von zu Hause mitgenommen, und nahm den Stiefel hoch. Vorher hatte sie ein Foto vom Fundort gemacht. „Ich nehme den mit." Wir liefen weiter und ich war nun noch motivierter, nachdem ich etwas gefunden hatte. „Rennt nicht so, ich will die Schafe nicht aufschrecken.", rief Andreas von der anderen Seite. „Siley bestimmt unser Tempo, mach keinen Stress, wir warten am Ende auf dich.", erwiderte Silke und folgte mir in meinem Tempo. „Wir trinken dann den Kaffee in der Eisdiele.", rief Silke noch zurück. „Super, so machen wir das."

2

Wir näherten uns dem Ende dieses Deichstückes, ich konnte schon das kleine Technikhäuschen sehen, das an der Brücke stand. Ein paar Autos fuhren darüber, doch diese interessierten mich nicht. Mit der Nase am Boden wurde ich noch schneller und hatte die Länge der Leine ausgereizt, als ich erneut stoppte. Vorsichtig suchte ich mir einen Weg durch das hohe Schilf, das an dieser Stelle wuchs. Mit aufgestelltem Nackenhaar sah ich auf das Wasser. Silke rollte die Leine auf, als sie näher zu mir kam, damit diese sich nicht verhedderte. Ich starrte weiter auf das Wasser und begann dann zu knurren. „Hast du den zweiten Stiefel gefunden?", scherzte Silke, doch dann riss sie die Augen auf und ließ den Stiefel in das Gras fallen. „ANDREAS! Komm schnell!", sie drehte sich um und winkte hektisch zu dem Tierarzt hinüber. „Was denn?", fragte er und suchte sich einen Weg durch ein paar Schafe. „Beeil dich bitte.", Silke sah gemeinsam mit mir auf das Wasser. „Bleib etwas ab.", gebot Silke mir und ich setzte mich etwa einen Meter weiter ab.

Andreas rannte mit großen Schritten auf uns zu. „Da bin ich...", keuchte er, doch dann blieb ihm die Luft weg. Silke sah ihn an und dann wieder aufs Wasser. „Siley hat noch etwas gefunden..." „Das kann doch nicht sein.", Andreas hatte seine Fassung wiedergefunden, „An einem Tag zwei Wasserleichen." „Marc kann nun kaum noch sagen, dass es sich um Unfälle handelt.", stellte Silke fest, doch sie war äußerst betroffen. Auch dieser Tote lag mit dem Gesicht nach unten im Wasser und wurde von den leichten Bewegungen im Kanal auf und ab bewegt. „Sollen wir ihn herausholen?", fragte Andreas und kniete sich hin. „Warte noch, ich will schnell Fotos machen, wie wir ihn gefunden haben und dann Marc anrufen." Silke zückte ihr Handy und machte die Bilder, dann wählte sie die Nummer des Kommissars Marc Rohloff. „Er treibt langsam ab.", stellte sie fest, „Kannst du ihn vielleicht festhalten?" Andreas beugte sich vor und erwischte ein Stück von der Jacke, an der er den Leichnam festhielt. Marc war geschockt und trommelte die Truppe für diesen Tag erneut zusammen. „Wir würden ihn gleich aus dem Kanal herausziehen, bevor er zur Brücke treibt und man ihn da sieht.", meinte Silke. Der Kommissar war damit einverstanden, „Aber verändert so wenig wie möglich." „Das versteht sich doch von selbst. Wir haben inzwischen wieder ablaufendes Wasser, das heißt, er könnte auch schon weiter im Aper Tief getrieben haben."

Silke steckte das Handy wieder ein und hockte sich neben Andreas. „Nimm du die Beine, ich versuche an der Jacke zu greifen.", plante Andreas und die beiden begannen den Toten herauszuziehen. Silke rutschte dabei aus, als das Wasser auf das Gras lief, sie verlor das Bein und der Mann glitt wieder in den Kanal. „Der Mann ist kräftig gebaut, das Wasser in der Kleidung tut sein Übriges, ich muss weiter runter." Silke setzte sich auf den Hintern und stemmte mit den Füßen gegen das Gewicht, doch ich sah, dass sie Mühe hatte und kam ihr zu Hilfe. Mit den Zähnen packte ich das Hosenbein und zerrte mit. Es dauerte ein paar Minuten, bis wir den Mann aus dem Wasser geholt hatten. Er lag nun rücklings auf dem unteren Teil des Deiches. Sein Gesicht sah verzerrt aus. Er hatte einen Dreitagebart und seine Haare hingen in langen Strähnen herab. Silke war außer Atem und ich lehnte mich an sich. „Du bist mir vielleicht einer...", lächelte sie mich an und legte den Arm um mich. „Ich würde gern nach Hause.", sagte Silke und sah auf ihre nasse Kleidung herunter. Andreas war schlammverschmiert, „Frag mich mal. Ich hoffe, Marc kommt bald." Kaum sagte er dies, sahen wir Marc Wagen auf dem Schotterplatz neben dem Technikhäuschen parken. Er kam zu uns und schüttelte den Kopf. „Wie macht Ihr das nur?", fragte er und sah uns drei an. „Auf jeden Fall kann nun Unfall ausgeschlossen werden, oder?" „Naja... vielleicht hat einer dem anderen helfen wollen, als dieser in den Kanal gefallen ist.", meinte der Kommissar und betrachtete den Toten genauer. „Und dabei hat er sich ebenfalls ein Hämatom an der gleichen Stelle wie der andere Tote zugezogen?" Marcs Schultern sackten nach unten, er machte einen tiefen

Atemzug. „In Ordnung, das ist in der Tat seltsam. Aber warten wir doch ab, bis die Obduktion der beiden Todesopfer erfolgt ist."

Der Kommissar durchsuchte die Taschen des toten Mannes, fand aber auch bei ihm keine Papiere. „Der Arbeitsoverall sieht genau so aus, wie der von der anderen Leiche.", stellte Silke fest. „Das ist mir auch schon aufgefallen.", antwortete Marc, „Du siehst einen Zusammenhang?" „Ja, das tue ich. Außerdem hat Siley einen Stiefel gefunden, der seine Aufmerksamkeit erregt hat. Vielleicht lässt du den im Labor untersuchen." Silke zeigte auf den Gummistiefel im Gras. Man konnte sehen, dass Marc nachdachte. „Der Mann heute morgen hatte keine Gummistiefel an, er hatte Arbeitsschuhe und beide waren an seinen Füßen." Der Kommissar lächelte leicht, „Du hast meine Gedanken erraten. Und Toter Nummer zwei hat zwar Gummistiefel an, aber auch beide. Demnach muss dieser einzelne Stiefel jemand anderem gehören, zumal er auch zu klein für einen Mann wäre. Kann sein, dass er aber auch nur verloren wurde." Ich jaulte leise, denn es war definitiv keine einfache Fundsache. „Siley denkt da anders.", übersetzte Silke mein Jaulen." Marc sah zu mir und zog die Augenbrauen hoch. „In Ordnung, ich lasse alles ins Labor bringen." „Dann können wir nun los?", Silke zeigte auf die nassen Sachen. „Wenn Ihr direkt nach Hause geht und nicht noch weitere Tote findet, dann ja.", grinste Marc. Silke schlug ihm spaßig auf den Oberarm. „Ein Danke, dass wir die Arbeit gemacht haben, hätte gereicht." „Zischt ab. Ich komme nachher bei euch vorbei."

Zu Hause lief Silke direkt ins Badezimmer, duschte sich und zog sich um. Ihre Wäsche warf sie in die Waschmaschine. „Wenn du fertig bist, dann pack deine Wäsche auch in die Maschine, ich wasche dann. Der Geruch des Todes klebt irgendwie an mir.", schauerte Silke. Ich legte mich in mein Bett in der Küche, während die Menschen sich reinigten, jedoch konnte ich nicht denken, da die Handwerker immer noch so viel Krach machten. Von meinem Platz aus konnte ich ins Wohnzimmer sehen und die Arbeiten waren gut vorangekommen. „Frau Lüttmann, noch zwei Tage, dann ist der Boden fertig. Die Stemmarbeiten sind fertig, morgen legen wir die Holzdielen und übermorgen streichen wir ihn dann, wie Sie es wollten." Silke hatte die Hände in die Hüften gestemmt und besah sich die Baustelle. „Prima.", nickte sie anerkennend, „Dann ist vorerst wieder alles auf Stand." Als Andreas in die Küche kam, packten die Handwerker gerade ein und grüßten im Rausgehen noch kurz. Die Waschmaschine lief und Andreas war losgefahren, um vom Griechen ein paar Köstlichkeiten zu besorgen, keiner hatte Lust, zu kochen.

Marc betrat die Küche zusammen mit Andreas. „Du hast eine Nase dafür, wenn es hier etwas zu Essen gibt.", schmunzelte Silke und stellte noch ein Gedeck zusätzlich auf den Tisch. Ich warf einen Blick auf das mitgebrachte Essen und hoffte, es würde trotz des Gastes noch etwas für mich abfallen. „Die Leichenschau hat ergeben, dass beide Opfer tatsächlich mit einem harten Gegenstand geschlagen wurden, bevor sie in den Kanal gelangten. Das Opfer vom Morgen war bereits tot, als er ins Wasser geworfen wurde, er ist nicht ertrunken, der Schlag an die Schläfe war bereits tödlich gewesen." Der Kommissar sah Silke mit hochgezogener Augenbraue an. „Willst du gar nicht triumphieren, dass du Recht hattest?" Silke schüttelte den Kopf, „Nein, ein Mord ist kein Grund, um zu triumphieren." Marc sah beschämt auf seinen Teller. „Okay... Das zweite Opfer ist durch den Schlag an die Schläfe wohl nur bewusstlos gewesen, er ist dann im Kanal ertrunken. Beide Opfer hatten Fesselmale." Silke stützte den Kopf auf die Hände. „Hast du schon die Identitäten feststellen können?" „Leider nicht. Dem Aussehen nach könnte es sich um Rumänen handeln. Ich muss morgen alle Betriebe, in denen üblicherweise Mitarbeiter aus Osteuropa saisonal eingesetzt werden überprüfen." „Ich kann mich bei den Bauern umhören.", bot Andreas an, ich habe jeden Tag mindestens einen Patienten auf einem Hof." „Das wäre in der Tat eine große Hilfe. Ich lasse dir ein nicht ganz so erschreckendes Foto von den Opfern zukommen." Silke sah mich an und ich stellte die Ohren auf. „Wir können hier im Umkreis nachfragen, man kennt uns ja." Marc nickte zustimmend, „Das ist super. Wir haben eine große Fläche abzudecken." Es wurde weiter gegessen und als ich schon glaubte, es wäre nichts mehr für mich übrig, reichte mir Silke eine kleine Portion. „Du hast doch nicht geglaubt, dass du zu kurz kommst, oder?", zwinkerte sie mir zu und ich schien über das ganze Gesicht zu grinsen.

Andreas und Marc fuhren nach dem Essen nach Hause und Silke stand in der Wohnzimmertür. „Das wird unser neues Paradies.", freute sie sich. Ich saß neben ihr und nieste, da der Staub in meine Nase kroch. „Na komm, wir gehen ins Bett, dort ist staubfreie Zone." Wir zogen uns zurück, doch ich nahm die Bilder des Tages mit aufs Bett. Die auf dem Wasser schaukelnden toten Männer ließen mir keine Ruhe und ich träumte wild. Silke nahm mich in den Arm und ich beruhigte mich bei ihrem Geruch und ihrer Nähe, dass wir die restliche Nacht durchschliefen.

3

Silke war schon vor mir aufgestanden, sie hatte sich aus dem Schlafzimmer geschlichen und ich schaute mich nach dem Aufwachen suchend um. Nachdem ich mich gesammelt und gestreckt hatte, sprang ich vom Bett und trappelte durch den Flur in die Küche, wo ich Silke erwartete, doch sie war nicht zu sehen. Nun wurde ich etwas unruhig, denn die Tür zur Tenne war noch fest verschlossen, also war sie auch nicht draußen bei den Schafen oder Hühner. Ich jammerte leise und schaute in meinen leeren Napf. „Hier bin ich Engelchen.", ertönte Silkes Stimme aus dem Arbeitszimmer. Ich lief langsam der Stimme nach und sah Silke am PC sitzen. „Hast du gut geschlafen? Das war aufregend gestern.", freute sich Silke, mich zu sehen. „Du bekommst gleich dein Frühstück, ich will nur schnell die Fotos der Todesopfer ausdrucken, damit wir nachher damit von Haus zu Haus ziehen können." Ich gähnte und mein Magen knurrte vor Hunger. Der Drucker machte rasselnde Geräusche, spukte die Fotos aus und Silke fuhr den Rechner herunter. „So, das hätten wir. Nun bekommst du dein Frühstück und danach kümmern wir uns erst mal um die Tiere." Silke stand auf und kraulte mir im Vorbeigehen den Nacken. Es gab Hühnerleber mit Nudeln für mich. Während ich fraß, behielt ich Silke im Auge, damit sie mir nicht wieder verlorenging, doch sie wartete mit einem Becher Kaffee in der Hand und lächelte über mein Geklapper mit dem Napf.

Lissy, mein Lieblingsschaf, rieb ihren Kopf an mir und ich fiel fast um, da sie mit ihrer Jugend mehr Kraft hatte, als ich. Die Schafe lugten in den Eimer, den Silke bei sich trug und der voll mit getrockneten Kräutern war, die die Schafe so gern möchten. Ich roch kurz daran, wandte mich dann aber ab, da mir dies zu stark roch. Unsere sieben Schafdamen fraßen den Eimer schnell leer und Silke reinigte in der Zeit den Unterstand, sie verteilte noch etwas frisches Stroh und schnitt einen Ballen Heu auf. „Mädels, ich wünsche euch einen schönen Tag.", verabschiedete Silke sich von den Schafen und machte einen lustigen Knicks. Ich sprang vor Silke her, da ihre gute Laune sich auf mich übertrug. Die Hühner waren weniger dankbar, sie gackerten ungeduldig bis Silke ihren Verschlag öffnete, damit sie in den großen Auflauf gehen konnten. Silke sammelte noch die frischen Eier ein und ging mit dem vollen Körbchen ins Haus. „Die Hühner waren fleißig, da können wir heute Mittag Gemüse mit Kartoffelpüree und Spiegeleiern essen." Mir lief bei dem Gedanken das Wasser im Maul zusammen und tropfte auf den Boden. „Du hast aber auch wirklich immer Hunger.", lachte Silke und suchte ihre Sachen zusammen.

„Wir laufen erst mal die nahe gelegenen Höfe ab, auf denen immer mal wieder Helfer arbeiten.", überlegte Silke. Sie zog mir das rote Geschirr an und schnappte sich die Leine. Ich bellte und lief zurück zum Küchentisch. „Stimmt, wir müssen die Fotos mitnehmen.", Silke schlug sich mit der Hand vor die Stirn. Was würde sie nur ohne mich machen, fragte ich mich. Gemeinsam gingen wir los und Silke winkte Hanne noch zu, die bereits im Garten stand und Unkraut jätete. „Deine Beete sehen immer so ordentlich aus.", bewunderte Silke

Hannes Garten. „Nützt ja nichts.", lachte Hanne und stützte sich auf die Harke. „Hast du das mitbekommen? Im Kanal soll es zwei Tote gegeben haben." Silke sah kurz zu mir herunter, „Woher weißt du das denn?" „Da wurde auf dem sozialen Netzwerk berichtet. Das sind sicher wieder Touristen, die nicht schwimmen können oder nicht wussten, dass unser Kanal tideabhängig ist, da ist manchmal schon eine heftige Strömung." Silke nickte, „Das kann sein." Ich kratzte mit der Pfote an Silkes Bein, doch sie schüttelte leise den Kopf, sie wollte Hanne nicht die Wahrheit sagen, da dies ihre Freundin beunruhigt hätte. Also machte ich einen langen Hals und suchte Barney, meinen Hundefreund. „Wo ist denn Barney?", wechselte Silke das Thema, als sie mein Suchen bemerkte. „Der liegt im Haus, hat gerade gefressen. Nun schläft er sicher.", lachte Hanne, „Hund müsste man sein, den ganzen Tag faulenzen." Ich winselte, da sie uns Hunden unrecht tat und Silke verabschiedete sich. „Wir müssen los. Nachher Kaffee bei mir?" „Gern, melde dich, wenn du Zeit hast.", dankte Hanne. „Schatz, nicht alle Hunde sind detektivisch beschäftigt, nimm das nicht persönlich.", beschwichtigte Silke mich und ich trabte durch ihre Worte versöhnt neben ihr her.

Wir liefen die Straße hoch und hielten bei jedem an, der einen Bauernhof hatte. Silke fragte die Landwirte, ob sie wüssten, dass auf einem der umliegenden Höfe Mitarbeiter vermisst würden. Keiner hatte etwas mitbekommen und nach dem ein und anderen Tee zogen wir dann weiter. Der Vormittag bestand aus Laufen und Türen klingeln, ich kam mir vor wie der Hund eines Staubsaugervertreters. „Dass aber auch keiner etwas gehört hat.", murmelte Silke, „Da vorne soll der letzte für heute sein, mir tun schon die Füße vom Gelaufe weh." Ich war mit ihr einer Meinung und trabte auf den Hof, der sehr sauber und gepflegt war. „Moin.", grüßte Silke den Bauern, der mit einer Schubkarre aus dem Stall kam. „Läuft alles bei euch?" Der Landwirt mittleren Alters wischte sich die Hände an der Hose ab. „Moin. Jau, wir können nicht klagen. Der Mais wächst super und die Kühe sind gesund." Er hatte ein freundliches Lächeln und hielt mir seine Hand hin, damit ich schnuppern konnte, bevor er mich streichelte. „Unser Theo ist vor vier Wochen an Altersschwäche gestorben." „Och nö.", teilte Silke ihr Mitleid mit, „Der schöne altdeutsche Schäferhund?" „Ja, nun haben wir noch den Mucki, der ist aber meistens bei Muttern in der Küche." Wollt Ihr wieder einen Hofhund haben?" „Unbedingt, mir fehlt das auch, wenn ein Vierbeiner neben mir herstromert." Silke nickte und sah zu mir hinunter. „Ich mag da auch nicht drüber nachdenken..." „Was treibt dich denn zu uns?", fragte der Bauer neugierig. „Du, ich wollte nur wissen, ob Ihr vielleicht etwas gehört habt, dass ein Hofhelfer in der Gegend als vermisst gilt." Der Bauer dachte kurz nach, „Bei Hellmers, da sind zwei Helfer abhanden gekommen. Das hat ein ziemliches Loch bei ihm hinterlassen, die Arbeit bleibt nun an den anderen hängen." Silke legte den Kopf auf die Seite und auch ich hob den meinen. „Zwei sind plötzlich verschwunden?" „Ja, ein junges Pärchen. Sie sind wohl zurück nach Rumänien." Silke zog die Stirn kraus und schien enttäuscht. „Mann und Frau also...", sagte sie. „Ja genau. Die junge Frau, ein hübsches Mädel, kümmerte sich um die Kälber, während er im Bullenstall seine Arbeit verrichtet hatte. Sie waren sehr fleißig, sagte Hellmers. Er hatte den beiden angeboten, dass sie bei ihm die alte Wohnung ausbauen könnten, aber dann sind sie von heute auf morgen verschwunden, über Nacht einfach weg."

An der Scheunentür tauchte ein Mann im Arbeitsoverall auf. Er sah neugierig zu uns herüber. Silke winkte zu ihm rüber, doch er reagierte nicht. Der Bauer drehte sich um und rief dem Mann zu, „Wassili, komm mal her." Der Mann kam mit den Händen in den Taschen zu uns und nickte zur Begrüßung. „Sag mal Wassili, das junge Paar von Hellmers, das kennst du doch, oder?" Ja, ich kenne sie, aber nur flüchtig, die sind zurück in die Heimat." „Ich bin Silke.", stellte sich Silke vor, „Wissen Sie vielleicht, ob woanders Helfer plötzlich verschwunden sind? Außer dem Pärchen?" Der Mann schüttelte den Kopf, wich meinem Blick aber aus und sah nur zur Boden. „Wieso fragst das eigentlich?", der Bauer wurde interessierter. „Das bleibt aber bitte erst mal unter uns.", tat Silke verschwörerisch und zog die Fotos aus ihrer Tasche. „Diese beiden Männer wurden tot im Kanal gefunden und nun möchte die Polizei gern die Identität feststellen, damit die Angehörigen verständigt werden können." Der Bauer besah sich die Fotos, schüttelte aber den Kopf, „Ich kenne die beiden nicht. Und du Wassili?" Der Helfer sah ebenfalls auf die Bilder, sagte erst nichts, schaute wieder auf das erste Bild, bevor er verneinte, „Ich kenne die beiden auch nicht." Mir kam er dabei verstört vor, doch Silke steckte die Bilder wieder ein und sah auf die Uhr. „Oh, wir sind spät dran, die Handwerker kommen um 12 Uhr. Solltet Ihr noch etwas hören, dann weißt du ja, wo ich wohne.", sagte Silke und drängte mich zum Gehen. Ich warf einen weiteren Blick auf den Helfer Wassili, mein Gefühl sagte mir, dass er uns nicht die ganze Wahrheit gesagt hatte. „Da müsst Ihr aber nun rennen.", meinte der Bauer und zückte einen Schlüssel aus der Tasche, „Ich fahre euch schnell nach Hause." Silke wollte ablehnen, doch der Bauer akzeptierte kein Nein und so wurden in dem alten Kombi, ebenfalls sehr sauber war, nach Hause gebracht.

Die Handwerker legten wieder los, aber das Ende war in Sicht und so legte ich mich in die Sonne im Hof und lauschte Silke bei ihrem Anruf bei Marc. „Wir haben rein gar nichts rausfinden können, keiner kennt die Männer. Nur ein junges Paar ist verschwunden, aber die wollten wohl einfach zurück in die Heimat." Marc hatte auch noch keinen der Männer identifizieren können und wollte am Abend vorbeikommen, um beim Essen zu überlegen, wie man weiterkommen könnte, denn Andreas hatte bisher auch noch keinen Erfolg verzeichnen können.

Andreas hatte den Grill angefeuert und Silke bereitete Salat zu. Ich genoss die Stille, nachdem die Handwerker Feierabend gemacht hatte. „Das sieht schon klasse aus.", meinte Andreas, der das Grillgut aus der Küche holen wollte und ins Wohnzimmer schaute. „Holz ist ein traumhaftes Material.", strahlte Silke und sah zufrieden in das Wohnzimmer. Ich mochte den Geruch des Holzes, aber der Krach, den die Handwerker dafür gemacht hatten, war furchtbar für meine Ohren gewesen. „Morgen wird der Boden gestrichen, aber in Shabbyoptik." „Dann habe ich morgen doch wieder einen Grund für einen Besuch.", zwinkerte Andreas und nahm den Teller mit dem Fleisch und den Bratwürsten mit nach draußen. Ich folgte ihm auf leisen Pfoten und behielt wachsam den Grill im Auge. Marc Rohloff fuhr vor, er hatte Baguette und Zaziki in der Hand, als er den Hof betrat. „Das sieht köstlich aus.", sagte er anerkennend und setzte sich. Er öffnete sich ein alkoholfreies Radler und hielt sein Gesicht in die letzten Sonnenstrahlen des Tages, bevor die Sonne hinter dem Stall verschwand. „Silke hat hier schon ein traumhaftes Fleckchen.", meinte der Kommissar, dem man den Stress seiner Arbeit ansehen konnte. „Mir gefällt es auch sehr gut.", stimmte Silke lachend zu, sie stellte die beiden Salate auf den Tisch und setzte sich ebenfalls. „Das Fleisch ist gleich fertig." Andreas legte die ersten Würstchen auf den Teller und reichte diesen an Silke, um dann das Fleisch auf einem anderen

Teller zu drapieren. Ich war dem Tisch nach und nach näher gerückt und hatte meinen Platz neben Silke eingenommen, die mir immer mal wieder ein Stückchen Fleisch, Bratwurst oder Baguette reichte.

„Siley und ich haben uns die Füße platt gelaufen, aber wir haben keinen gefunden, der etwas wusste. Anscheinend hatte es bis hier noch nicht einmal groß die Runde gemacht, dass zwei Tote im Kanal gefunden wurden. Außer Hanne, sie hatte davon beim Einkaufen gehört." „Wenn die Polizei mit Blaulicht vorfährt und dann noch ein Sarg den Deich entlang gefahren wird, dann fällt das natürlich dem einen oder anderen auf." Marc lachte, als er das sagte, „Denke, das ist doch auch normal." „Nur leider hat keiner von Vermissten gehört.", fuhr Andreas fort, „Ich habe heute fünf Bauern besucht und keiner hatte davon etwas mitbekommen. Das waren aber auch reine Familienbetriebe, die auf keine Hofhelfer angewiesen sind." „Bei mir war es ähnlich... Nur bei einem der Bauern arbeitete ein Rumäne, Wassili heißt er, aber auch der wollte keinen der Männer auf den Fotos erkannt haben." Ich jaulte kurz und bellte einmal. „Siley meint, dass der Mann lügt." Marc hatte aufmerksam zugehört. „Dann sollte ich vielleicht nochmal mit dem Wassili sprechen.", dachte er laut. „Du kannst es gern versuchen, aber ich glaube nicht, dass er dir mehr sagen wird als uns." Marc wackelte abwägend mit dem Kopf. „Was war denn mit dem rumänischen Paar, das über Nacht abgereist ist?" „Wassili und auch der Bauer, wo die beiden gearbeitet hatten, Hof Hellmers, sind der Meinung, dass sie nur wieder in die Heimat gewollt hätten. Manchmal reisen diese Helfer spontan ab, wenn sie ihr Geld erhalten haben." Der Abend war gesellig, aber brachte keine weiteren Informationen.

4

Die Sonne ging gerade auf, ich hatte mich noch einmal an Silke gekuschelt, als ihr Handy sie weckte. „Ja bitte?", murmelte sie verschlafen. Silke hörte eine Weile schweigend zu, setzte sich dann auf und streichelte mich. „Das gibt es doch nicht.", Silke war entsetzt und nun spitzte ich meine Ohren. Ich hörte Marc Rohloffs Stimme, „Doch, ein Jogger hat auf seiner morgendlichen Runde den jungen Mann entdeckt. Er hatte erst gedacht, dass der Mann eingeschlafen wäre, da er vornüber geneigt am Kanal saß, und wollte ihn fragen, ob er helfen könne. Als er ihn an der Schulter anfasste, kippte er auf die Seite." „Wo war das denn?" „Du kennst doch die Brücke, wo man quer durch nach Aperberg kommt, dort am Deich hat der Mann gesessen. Der Jogger ist über das Tor geklettert, da ihm das doch seltsam vorgekommen war. Hätte ja auch ein Herzinfarkt gewesen sein können." „Seid Ihr noch bei der Spurensicherung?" „Ja, wir brauchen sicher noch eine gute Stunde." „Okay, dann kümmere ich mich nun um meine Tiere und fahre dann mit Siley später dahin, vielleicht findet mein Bube noch etwas, das Ihr übersehen habt." Silke kicherte etwas, als sie das sagte. „So habe ich mir das vorgestellt, Besserwisser, die uns nacharbeiten.", lachte Marc. „Ach übrigens... dieser Mann sieht ebenfalls osteuropäisch aus, was nichts heißen muss, die Gerichtsmedizin wird das prüfen. Leider hat auch dieser Mann keine Papiere bei sich gehabt. Langsam wird das komisch... Serienmord ist nicht mein Spezialgebiet.", schloss Marc das Telefonat ab.

Drei Tote an zwei Tagen, meine Sensoren liefen auf Hochtouren. Alle ohne Papiere, womit die Identität unklar war. Auf dem Weg zum Fundort des dritten Todesopfers ging mir einiges durch den Kopf. Den entgegenkommenden Leichenwagen nahm ich kaum wahr, obwohl Silke wartete, um ihn über die schmale Brücke fahren zu lassen. Er bog in Richtung Augustfehn ab, wo er vermutlich über die Kreuzung und dann in Richtung Autobahn fahren wollte, damit er auf dem schnellsten Weg nach Oldenburg kam. Marc Rohloff sah dem Wagen nach. Wir parkten links hinter der Brücke auf dem kleinen Grünstreifen und Silke ließ mich aus dem Kofferraum, nachdem sie sich vergewissert hatte, das kein Auto kam. Ich rannte fix zum kleinen Holzhäuschen und schnüffelte einmal umzu, hier hielten immer viele Radfahrer und machten Rast. „Komm, Siley, wir müssen hier entlang.", rief Silke mich wieder zu sich und ich peste zu dem Tor, hinter dem der Deich direkt anfing. Schafe liefen neugierig herum, doch als sie mich sahen, nahmen sie Reißaus. „Können wir das Tor öffnen?", fragte Silke, „Siley kommt sonst nicht auf die andere Seite." Marc winkte einen Mann heran, der sich uns als Schäfer vorstellte. „Man hat mich angerufen, nachdem der Tote gewissermaßen zwischen meinen Schafen lag." Er öffnete das Tor und schloss es dann sorgfältig wieder. „Kann ich dann nun gehen?", fragte der Mann. „Ja, danke für Ihre Hilfe. Wir schließen das Tor später wieder, wenn wir gehen, und ich bringe Ihnen den Schlüssel zurück.", antwortete Marc.

Ich lief unschlüssig hin und her, bis ich auf Silkes Fingerzeig hin nach vorne lief. „Schau dich in Ruhe um.", forderte

Silke mich auf. Die Schafe hatten sich zusammengerottet und beäugten mich misstrauisch, doch ich hatte kein Auge für sie. Mit der Nase am Boden fand ich sofort den Leichenfundort, an dem es stark nach Blut roch. „Hier hat der Jogger den Mann gefunden. Er hatte eine Platzwunde am Kopf und war unmissverständlich tot, daher hat der Jogger direkt die Polizei gerufen." Der Kommissar setzte uns kurz in Kenntnis. „Wieder ein Schlag an die Schläfe?", fragte Silke. „Es sieht so aus, wobei in diesem Fall eine große Wunde entstanden war, die laut Gerichtsmediziner aufgrund der Nähe zur Augenbraue stark geblutet hatte." „Er wird aber doch nicht an einer Platzwunde verblutet sein.", meinte Silke und sah sich ebenfalls um. „Nein, der Schlag war wohl tödlich, das Blut nur Beiwerk."

Nach der ersten Rechtskurve des Deiches bemerkte ich ein Stück weiter hoch auf der rechten Seite des Deiches, die zum Naturschutzgebiet zeigte, ein kleines Boot und steuerte direkt darauf zu. „Siley hat das Boot entdeckt.", lachte Marc, „Aber das scheint da schon länger zu liegen, denke, das gehört einem Angler. Wir haben es schon begutachtet, es steht voll mit Wasser." Silke verdrehte die Augen und folgte mir. Meine Nase führte mich nah an das Boot und ich konnte verwaschenes Blut riechen, das gleiche, das an dem Leichenfundort meine Nase erfüllt hatte. „Bist du sicher, dass das Boot schon länger hier liegt? Wir kommen ja öfter auf der anderen Seite vorbei und ich habe das noch nie gesehen." „Vor da aus sieht man das vermutlich nicht, weil es schon halb abgesoffen ist." Ich setzte mich ab und bellte. Silke trat näher zu mir und ich wies mit dem Kopf immer wieder auf das Bug des Bootes. Mit zusammengekniffenen Augen sah Silke hinein und begann zu lächeln. „Super gemacht, Schatz.", lobte sie mich. „Hast du gesehen, dass hier vorne das Holz ein frisches Loch hat?", fragte sie den Kommissar, der die Luft mit dicken Backen ausblies. „Was für ein frisches Loch?" „Na, das da... das ist noch nicht alt, das Holz ist noch recht hell und nicht von Wasser durchdrungen." Mit dem Finger zeigte Silke auf die Stelle, die mir aufgefallen war, da unterhalb dieses Loches das Blut verdünnt auslief. „Das sieht auch aus, als ob da Blut wäre. Zwar ist das Boot rötlich, aber dies ist sicher Blut, sonst wäre Siley nicht darauf angesprungen." Silke hatte ein süffisantes Grinsen im Gesicht." „Das scheint tatsächlich so zu sein...", gab Marc zu und stöhnte auf, „Ich werde Proben nehmen und lasse das Boot dann abholen."

Silke und ich wollten zurück zum Wagen, als sie mit dem Fuß auf etwas trat. Sie bückte sich und sah zwischen dem Gras einen Schlüssel liegen, er sah aus wie ein Haustürschlüssel. Marc Rohloff kam zu uns, als Silke sich bückte und sah dann ebenfalls den Schlüssel, der wohl von den vielen Beamten in den Boden getreten worden war. „Der kann auch von jemandem anderen hier verloren worden sein, immerhin ist dieser Platz bei Anglern recht beliebt.", wehrte Marc ab, holte aber dennoch eine Tüte aus der Tasche und packte den Schüssel ein. „Apropos Angler...," fing Silke an, „Das war schon mutig vom Täter, den Leichnam hier abzulegen oder den Mann hier vielleicht sogar zu ermorden. Er hat doch damit rechnen müssen, dass ein früher Angler ihm in die Quere kommen könnte und ihn auf frischer Tat ertappt." Silke und Marc sahen sich mit großen Augen an. „Darüber habe ich noch gar nicht nachgedacht.", überlegte der Kommissar. „Die beiden anderen Mordopfer waren übrigens nicht länger als acht Stunden tot. Die Gerichtsmedizin hat bestätigt, dass es sich um Osteuropäer handelt, sie haben beide Tätowierungen, die in rumänischer Sprache sind." Silke wartete auf mehr Informationen. „Wir vermuten, dass es sich hier um organisiertes Verbrechen handelt. Es gab in letzter Zeit auch wieder vermehrt Einbrüche, die nicht geklärt werden konnten. Trotz Überwachungskameras sind die Täter nicht zu erkennen, daher ist davon auszugehen, dass die Häuser im Vorfeld genauestens ausspioniert wurden." „Okay....", meinte Silke. „Komm mir nun nicht mit Zweifeln, wir sind bereits dran. Fingerabdrücke haben wir leider keine, da die Täter sehr vorsichtig sind." „Ihr macht das schon.", grinste Silke und nickte mir, dass wir nach Hause gingen.

„Hast du schon gehört? Es gab noch einen Toten.", kam Hanne uns entgegen. „Wieder im Kanal ertrunken." Silke legte den Finger auf die Lippen, damit ich schwieg. „Wo hast du das denn gehört?" „Hat mir Gisela erzählt, sie war heute einkaufen und im Supermarkt erzählt man das." Silke bat Hanne auf einen Tee ins Haus, die der Einladung gern nachkam. „Wie läuft es mit Andreas?", fragte sie. „Jooo, ganz gut. Es ist nett, wenn er da ist, aber auch schön, wenn ich allein mit meinen Tieren bin.", lachte Silke. Sie stellte Tassen auf den Tisch und kramte ein paar Kekse aus dem Schrank. „Wer sind denn die Toten?", nahm Silke das Gespräch wieder auf. „Irgendwelche Hofhelfer heißt es. Die armen Leute arbeiten hier für wenig Geld und ertrinken dann im Kanal.", bedauerte Hanne, „Das muss hart für die Familien sein." „Ich habe vorhin mit der Polizei gesprochen.", wagte Silke sich vor, „Wer die Leute sind, weiß man wirklich noch nicht. Sie scheinen nicht einmal vermisst zu werden." Hanne sah Silke an und knabberte an ihrem Keks. „Das ist doch komisch, oder? Man muss doch merken, wenn jemand nicht mehr da ist." „Sehe ich auch so. Falls du mal von jemanden hörst, der gesucht wird, sag mir bitte Bescheid." „Das mache ich.", versprach Hanne und machte sich auf den Weg nach Hause.

„Wir haben eine heiße Spur.", Marc war auf einen Kaffee zu uns gekommen, „Es handelt sich bei allen drei Todesopfern um Rumänen und daher habe ich mich mit den rumänischen Behörden in Verbindung gesetzt, um Informationen über Leiharbeitsfirmen zu erhalten. Man hat mir eine Liste solcher Firmen gesendet und es war nur eine darunter, die auch in diese Gegend Arbeiter vermittelt." Der Kommissar platzte fast vor stolz. „Nun ist es nur noch eine Frage der Zeit, bis wir alle vermittelten Helfer befragt haben. Ich vermute, dass wir unter diesen den Mörder finden werden." ER lehnte sich zufrieden auf seinem Stuhl zurück und nahm sich ein Plätzchen. Silke hatte die Ellbogen aufgestützt und sah aus dem Fenster. „Ach komm, der Fall ist so gut wie gelöst.", sagte Marc. Ich schlich durch die Küche und hatte die Bilder der Toten vor Augen und auch ihre Fundorte. Silke beobachtete mich, bis ich ein lautes

Jaulen von mir gab. „Siley hat seine Zweifel...", begann Silke. Marc setzte sich auf, „Der Fall ist für mich klar, es gab Streitereien zwischen den Helfern, das passiert öfter, meistens enden diese in Schlägereien." „Es tut mir leid, aber ich denke, dass Siley Recht hat... Hier geht es um etwas anderes und das gilt es herauszufinden. Nur, weil sich des öfteren mal Leute streiten, bringen sie sich noch lange nicht um, vor allem nicht auf diese Weise. Hier sollte es so aussehen, als seien alle im Kanal ertrunken, bei einem wäre das wohl auch noch glaubhaft, aber nicht bei drei toten Männern." Silke verschränkte die Arme vor der Brust. „Silke, du interpretierst da mehr hinein, als da ist.", der Kommissar war sich seiner Sache sehr sicher.

Ich lag nun in meinem Bett und hatte den Kopf auf den Rand des dicken Flauschkissens gelegt, es lag eine gewisse Spannung im Raum, die sich jedoch mit Andreas Eintreten auflöste. „Hey, Leute, blast Ihr Trübsal?" Der Tierarzt stellte seine Tasche neben den Küchentisch und nahm sich einen Kaffee. „Nein, wie kommst du darauf?" „Weil fröhlich anders aussieht." Silke lächelte, „Nein, alles gut, Marc hat den Fall wohl fast gelöst." „Das ist doch prima.", meinte Andreas und zog sich einen Stuhl heran. „Aaahh... ich begreife... Silke ist anderer Meinung als du.", Andreas sah Marc an, der nickte. „Ja. Siley hat vorhin gejault, als ich meine Version der Taten dargestellt habe." Ich holte hörbar Luft und starrte bewusst aus dem Fenster. „Siley hat den siebten Sinn.", meinte Andreas. „Ihr seid furchtbar.", maulte Marc und stand auf, „Das Schlimmste ist, Ihr habt meistens Recht. Lass mich wenigstens meiner Spur nachgehen, bevor Ihr aktiv werdet. Einverstanden?" „Marc, es wäre super, wenn du den Fall so schnell lösen könntest und diese Mordserie ein Ende hat, nur muss ich Siley eben auch Glauben schenken." Die Stimmung lockerte sich, man einigte sich darauf, dass Marc erst mit den Leiharbeitern der rumänischen Firma sprechen wollte und Silke und ich so lange die Füße beziehungsweise Pfoten stillhalten sollten.

5

Silke lief in der Küche auf und ab. „Marc irrt sich, da bin ich mir sicher. Man sagt, dass Rumänen impulsiv sind, vor allem, wenn Alkohol ins Spiel kommt, dennoch glaube ich nicht, dass der Mörder unter den Leiharbeitern zu finden ist." Ich setzte mich mitten in die Küche, auf das große Kuhfell und verfolgte Silkes Bewegungen. „Was meinst du denn dazu?", fragte Silke mich und hockte sich vor mich auf den Boden. Mit meiner Pfote tippte ich immer wieder auf Silkes Hand und winselte dabei. Meine Meinung war die von Silke und ich fand, wir sollten einfach weiter ermitteln, bevor wir Zeit verlören und es einen weiteren Toten gäbe. „Du hast Recht, wir warten nicht länger, immerhin haben wir bereits einen halben Tag die Füße stillgehalten." „Führst du ein wichtiges Gespräch mit Siley?" Wir zuckten ertappt zusammen, als Andreas zur Tür hereinkam. „Mensch... Hast du uns erschreckt!" „Entschuldige bitte, das war nicht meine Absicht, aber auf mein Klopfen hast du nicht reagiert." Der Tierarzt sah schuldbewusst aus. „Ich habe gerade mit Siley darüber gesprochen, dass wir trotz unseres Versprechens gegenüber Marc weiter ermitteln sollten, bevor noch ein weiterer Mord geschieht, denn wir sind der Meinung, dass Marc sich irrt. Außerdem haben wir bereits einen halben Tag das Versprechen, die Füße stillzuhalten, eingehalten.", zwinkerte Silke.

Andreas begleitete uns, als wir uns noch einmal das Boot anschauen wollten. Marc hatte es nicht für nötig befunden, das Boot für weitere kriminaltechnischen Untersuchungen abholen zu lassen. Wir betraten gerade die Remise, um in unser Auto einzusteigen, als Hanne rufend und winkend die Straße in unsere Richtung heranlief. Sie wirkte sehr aufgeregt. „Silke! Warte!", rief sie uns zu. Ich ging zum Tor und auch Silke ging Hanne entgegen. Andreas blieb am Wagen stehen und schaute nur. „Gut, dass ich dich noch sehe. Hier fährt seit gestern ein kleiner grüner Kastenwagen herum. Er fährt ziemlich langsam. Ich weiß nicht, ob das etwas zu bedeuten hat, aber es wundert mich doch." Silke sah die Straße entlang. „In das Haus von Hinrichs sind doch neue Mieter eingezogen, vielleicht gehört der Wagen dazu und er bringt noch Umzugskartons.", überlegte Silke laut. „Das habe ich auch erst gedacht, aber der Wagen dreht kurz vor dem Sandweg jedes Mal und fährt langsam wieder zurück." Ich ging durch das offene Tor und sah rechts und links die Straße hoch, es war nichts zu sehen. „Hmmm... Ich danke dir für die Information. Behalte das doch bitte im Auge und gib mir Bescheid, wenn du den Wagen wieder siehst." „Das mache ich. Seid Ihr auf dem Weg zu Ermittlungen? Das macht ja nun die Runde durch Augustfehn, dass es mehrere Tote gegeben hat. Furchtbar..." Silke nickte, „Siley und ich wollen nochmal schauen, vielleicht finden wir etwas und der Fall kann geklärt werden, aber die Polizei arbeitet ja auch mit Hochdruck daran, es soll eine Sonderkommission gebildet werden." Hanne legte Silke die Hand auf den Arm, „Pass bitte auf dich auf.", bat sie. „Das mache ich. Siley und ich werden uns keiner unnötigen Gefahr aussetzen." Hanne lächelte und ging wieder nach Hause.

Wir erreichten den Deich in wenigen Minuten und ich schlüpfte durch das Gatter, das Andreas für mich aufgemacht hatte. „Glaubst du, wir finden noch etwas, das bisher übersehen wurde?", fragte Andreas, als wir den Deich hochliefen. „Ich möchte nur nochmal das Boot anschauen." Silke schaute sich suchend um und winkte einem Radfahrer zu, der die Straße entlang fuhr, es war ein Bekannter von uns. „Du kennst aber auch fast jeden hier, oder?", lachte Andreas. „Nein.", wehrte Silke ab, „Die Menschen in dieser Gemeinde sind nur wirklich sehr freundlich." „Das stimmt, ich mag die offene herzliche Art der Leute." Die beiden liefen hinter mir her, bis wir am kleinen Boot angelangten. Es lag unverändert wie ein gestrandeter Wal im Schlick des Kanals. Ich schnupperte mich einmal um das Boot und versank dabei knietief im Schlick, der sich wie Stiefel um meine Pfoten legte. „Oh je... das wird schwer, abzubekommen sein.", scherzte Andreas.

Wir wollten uns just auf den Rückweg machen, da kam uns ein Mann in Anglersachen entgegen. „Moin. Zum

Angeln fehlt Ihnen aber die Ausrüstung.", sagte er und nickte zur Begrüßung. „Moin. Nein, wir sind keine Angler, dafür fehlt mir definitiv die Geduld." Ich schaute mir den Mann genau an, der in seiner Anglerhose seltsam aussah. „Wir waren nur bei dem niedlichen Ruderboot." „Das Boot, ja, das ist mein Boot. Ich hatte es einem Bekannten geliehen, der es eigentlich am Steg bei der Staaßenbrücke anbinden sollte. Als mich dann umgesehen habe, sah ich es hier liegen. Wir haben uns wohl missverstanden.", der Mann zuckte mit den Schultern. „Das ist Ihr Boot?", fragte Silke nochmal nach. „Ja, wieso?" „Nun ja... Vielleicht haben Sie gehört, dass...", Silke suchte nach den richtigen Worten. „Ach, Sie meinen die Morde?" „Ja, genau. Einen Leichnam hat mir am Deich gefunden und es sieht so aus, als ob er zumindest auf Ihrem Boot gewesen sein muss, wenn nicht sogar dort zu Tode gekommen ist." Der Mann riss die Augen auf, „Auf meinem Boot?" Andreas legte den Arm um Silke und ich verspürte ein seltsames Gefühl. „Mein Name ist Silke Lüttmann und das hier ist Andreas Steiner.", stellte uns vor, „Und dies ist mein

Hund Siley." Der Mann sah uns wortlos an. „Wie heißen Sie?" „Ich bin Matthias Meyer.", grummelte der Mann. „Wem haben Sie denn das Boot geliehen?" „Das war ein Bekannter, den ich letzte Woche beim Angeln im Aper Tief kennengelernt hatte, „Sören Dierks oder so ähnlich." Herr Meyer baute sich zur ganzen Größe auf, „Habe ich nun Probleme deswegen?", fragte er mürrisch. Seine ursprüngliche Freundlichkeit war wie weggeblasen, sie war vielmehr in Streitlaune umgeschlagen. „Herr Meyer, wir sind nicht von der Polizei.", versuchte Silke dem Mann zu erklären. „Dann lassen Sie mich doch auch in Ruhe.", herrschte er Silke an. „Aber ich bin von der Polizei.", ertönte eine Stimme links von uns.

Marc Rohloff hatte sich überlegt, dass das Boot doch ein wichtiger Hinweis sein könnte und hatte sich auf den Weg gemacht. Am Deich hatte er uns gesehen und beim Näherkommen einen Teil der Unterhaltung mit Herrn Meyer noch mitbekommen. Der Kommissar bemerkte, dass der Angler uns aggressiv gegenüberstand und mischte sich daher ein. Matthias

Meyer sah Marc entgeistert an. „Marc Rohloff, ich der ermittelnde Beamte in den drei Tötungsdelikten." Der Angler sah Silke böse an, „Da haben Sie mir ja nun richtig Ärger eingebrockt, ich hoffe, Sie sind zufrieden." Ich knurrte leise, da mir der Ton des Mannes missfiel. „Nun hören Sie mir mal gut zu.", Silke trat einen Schritt auf den Angler zu, „Ich habe gar nichts getan! Herr Rohloff wird alles weitere mit Ihnen besprechen. Wenn Sie nichts mit den Morden zu tun haben, dann haben Sie auch nichts zu befürchten und können danach wieder angeln gehen." Silke kochte vor Wut. „Kommt, wir gehen!"

Silke stellte ihren Kaffeebecher hart auf den Tisch, dass der Kaffee über den Rand schwappte. „Was bildet sich dieser Typ eigentlich ein?" „Vergiss doch den Meyer, Marc kümmert sich schon um ihn.", Andreas wischte den übergeschwappten Kaffee mit einem Lappen auf. Ich setzte mich vor Silke und schlug vorsichtig mit der Pfote vor ihr Bein. „Ja... der Mann sollte mir egal sein. Trotzdem... Hält ihn keiner von euch für verdächtig? Das ist doch schon seltsam gelaufen." Mit einer

Mischung aus Knurren und Jaulen stimmte ich zu, da mir der Mann durchaus Signale gesendet hatte, die ihn verdächtig machten. „Komisch war das schon...", stimmte auch Andreas zu, „Er hat mir das zu locker aufgenommen." „Ist dir aufgefallen, dass er uns nicht mehr in die Augen sehen konnte, nachdem wir ihm das mit dem Mord erzählt haben. Er wurde sofort aggressiv auf unterschwellige Art." Genau das war mir auch aufgefallen und ich war stolz auf Silke, dass sie die Feinheiten wahrgenommen hatte. „Das ist mir gar nicht so aufgefallen.", dachte Andreas nach, „Vielleicht war er auch nur genervt von uns und der Fragerei." Silke hockte sich zu mir, „Unser Freund hier, der so gut mit Tieren umgehen kann, muss noch viel lernen." Sie hielt mir ihre Hand hin und ich schlug mit der Pfote ein.

„Ich musste noch einen Streifenwagen rufen, nachdem Ihr weggegangen wart. Matthias Meyer wurde mir gegenüber fast schon handgreiflich, als ich ihn bat, mich aufs Revier zu begleiten. Letztendlich wurde er dann in Handschellen abgeführt und hat mächtig gezetert dabei." Marc Rohloff öffnete sich eine Limonade und goss sich davon in sein Glas. „Das Boot habe ich dann doch von der Kriminaltechnik abholen lassen, damit man es genau untersucht. Fingerabdrücke werden da vermutlich mehr als zu Hauf zu finden sein, aber vielleicht findet sich etwas anderes, das uns weiterbringt." Silke hörte dem Kommissar schweigend zu, sie lächelte nur still. „Guck nicht so... Ich gebe zu, dass du nicht Unrecht hattest.", gestand Marc. „Wo ist denn Matthias Meyer nun?" Andreas war neugierig. „Ich habe den Staatsanwalt angerufen und nun sitzt der Mann vorerst in Untersuchungshaft, die Kollegen haben ihn nach Wilhelmshaven gebracht." „Dann steht er also unter Mordverdacht.", Silke verschränkte die Arme vor der Brust. „Ja, er hat sich bei mir in Widersprüche verwickelt, erst kannte er den Sören Dierks nicht, dann war es doch vielleicht anderer, der das Boot geliehen haben will und noch einige andere Dinge mehr. Dieser Sören Dierks existiert laut unserer Datenbank nicht in Augustfehn und den umliegenden Gemeinden. Wir sind aber noch dran, ob sich jemand mit ähnlichem Namen findet."

„Matthias Meyer... irgendetwas sagt mir der Name...", Andreas hatte sich zurückgelehnt und die Stirn kraus gezogen. Wir anderen sahen ihn erstaunt an. „Wie kommst du nun darauf? Vorhin hatte es nicht den Anschein gemacht, als ob du ihn kennen würdest." „Kennen wäre auch zu viel gesagt, der Name sagt mir etwas. Je öfter ich ihn nun von euch gehört habe, desto mehr meine ich, dass da einmal etwas war..." Marc wollte etwas sagen, doch Silke machte eine Handbewegung, dass er Andreas denken lassen solle. „Ja!", juchzte Andreas auf und schlug mit der Hand auf den Küchentisch. Ich sprang hoch und wedelte aufgeregt mit der Rute. „Matthias Meyer... Der Mann hat vor zwei oder drei Jahren im Streit mit einem Nachbarn dessen Hund so getreten, dass dieser sich mehrere Rippen gebrochen hatte." Diese Aussage brachte mich zum Bellen und Silke beruhigte mich, „Alles gut, das ist lange her. Lass Andreas bitte weiter rechnen." „Der Nachbar soll zu laut Radio im Garten gehört haben, ich erinnere mich nun wieder genau. Es kam zum Streit und als Meyer seinem Nachbarn eine verpassen wollte, ist dessen Hund dazwischen gegangen, um sein Herrchen zu schützen. Meyer hat den Setter dann mehrfach getreten. Der Nachbar hat auf eine Anzeige verzichtet, da er keine Zeugen hatte, ich habe den hübschen Setter damals behandelt." Es herrschte einen Moment lang Stille, diese Information musste erst einmal von Silke und Marc verdaut werden. „Gut, ich werde morgen den Meyer verhören. Das wird er mal erklären müssen, dass er schon bei Kleinigkeiten in Rage gerät und auch vor Körperverletzung nicht zurückschreckt. Weißt du den Namen seines Nachbarn noch? Er wäre ein wichtiger Zeuge." „Der Mann ist leider kurze Zeit später verstorben, Herzinfarkt." „Schade..." „Rufst du uns nach dem Verhör an?" „Natürlich."

6

Lissy stand am Koppelzaun und wartete auf mich. Sie rannte mit wilden Sprüngen umher, als sie mich sah und ich trabte zu ihr, um ein wenig Zeit mir ihr zu verbringen. Mein Lieblingsschaf steckte voller Energie und ich bemerkte, dass ich langsam alt wurde, denn ich konnte nicht mehr mit ihrem Tempo mithalten, dennoch genoss ich es, mit Lissy zusammen zu sein. „Ach, hier steckst du.", sprach Silke mich an. Mit einem Eimer Kraftfutter stand sie hinter mir. „Tobt Ihr ruhig weiter, ich schaue nach den anderen Schafen, ob mal wieder Klauenpflege angesagt ist." Sie trug den Eimer zum Unterstand, wo die anderen sechs Schafe im flotten Schritt auf sie zu eilten, um sich ihren Anteil vom Kraftfutter zu sichern. Silke beschaute sich die Schafe und nickte lächelnd. „Mädels, Ihr seht wundervoll aus.", strahlte sie die Schafe an.

Die Stunden vergingen, die Silke mit Streichen von Holzfassaden und Aufräumen der Futterkammer nutzte. Ich vertrieb mir die Zeit damit, ab und zu bei Silke vorbeizuschlendern oder im Hof herumzuliegen. Meine Knochen genossen die Sonne und ich würde lügen, wenn ich sagte, dass ich diese Ruhe nicht genossen hätte. Silke wischte sich die Hände an der Hose ab und sah mich mit schief gelegtem Kopf an. „Na, mein alter Krieger. Alles in Ordnung mit dir?" Ich stand langsam auf und streckte mich. Es freute mich, dass Silke mit der Arbeit fertig war, denn inzwischen knurrte mir der Magen vor Hunger. „Das war dein Magen, nicht meiner.", lachte Silke, „Komm mit rein, ich gebe dir dein Abendessen. Heute gibt es aber nur aus der Dose."

Mit vollem Magen trödelte ich wieder nach draußen, um die restliche Wärme des Tages zu genießen. Silke hatte sich eine Flasche Kräuterlimonade genommen und sich zu mir auf den Hof begeben, dort saß sie auf der Holzbank am Haus und sah zufrieden über die Wiese. „Wir haben doch ein schönes Leben.", meinte Silke zu mir und ich wedelte mit der Rute. „Hey Silke.", rief es vom Einfahrtstor her. „Und damit ist dann auch schon wieder Schluss mit der Gemütlichkeit.", resignierte Silke, wobei sie jedoch schmunzelte und aufstand, um Marc Rohloff einzulassen.

„Ich habe Matthias Meyer heute verhört. Er bestreitet hartnäckig, den Rumänen getötet zu haben. Angeblich kennt er ihn nicht. Die Nacht in U-Haft hat ihm zugesetzt, von seiner Aggression am Deich war nichts mehr übrig, ihm stand die Angst ins Gesicht geschrieben." „Dann glaubst du ihm?" „Naja... ich habe noch meine Zweifel an seiner Aussage, wir müssen noch ein paar Fakten überprüfen. Nachdem nun der exakte Todeszeitpunkt durch die Autopsie festgestellt wurde, muss ich das Alibi von Meyer überprüfen. Seiner Aussage nach war er zum Zeitpunkt des Mordes bei seinem Arzt, der ihn wegen seiner Rückenschmerzen behandelt." Ich machte große Augen und suchte Silkes Blick. Sie spürte dies und las mir vom Gesicht ab, dass ich dennoch an eine Beteiligung des Matthias Meyer an dem Mord glaubte, nicht unbedingt, dass er den Mord begangen hatte, aber er war auf andere Art beteiligt. „Oh nein...", stöhnte Marc auf, „Ihr seid beide der Meinung, dass der Mann beteiligt ist." Silke verzog das Gesicht und grinste entschuldigend. „Sein Verhalten war wirklich seltsam, da muss ich Siley zustimmen." „Okay, ich prüfe das Alibi und dann sehen wir weiter."

Der Kommissar hatte noch einen Tee getrunken und machte sich dann wieder auf den Weg. „Mir ist letztes Mal schon dieser grüne Kastenwagen aufgefallen. Neuer Nachbar?" „Der Wagen fährt seit ein paar Tagen öfter hier vorbei, Hanne hat mich darauf aufmerksam gemacht." „Soll ich den Wagen überprüfen lassen?" „Hätte ich ein Kennzeichen, wäre das eine gute Idee, aber die Kennzeichen sind sowohl vorne als auch hinten völlig mit Dreck verschmiert." Silke zuckte die Schultern. Marc sah dem Wagen nach, der die Straße wieder zurückfuhr. „In der Tat. Ich werde ihm nach fahren und raus winken." „Nein, lass erst mal. Er fährt nur hin und her, da ist an sich doch nichts dabei. Im Übrigen hält auch Hanne ein Auge darauf." Der Kommissar hupte, als er wegfuhr und Silke scheuchte mich ins Haus. „Komm, heute machen wir uns einen gemütlichen Abend auf dem Sofa. Ich finde bestimmt auch noch etwas Feines für dich im Schrank." Nachdem Silke die Hühner eingeschlossen und noch einmal nach den Schafen gesehen hatte, gingen wir ins Haus. Ich kuschelte mich eng an Silke und ließ mich von ihrem Streicheln in den Schlaf wiegen.

Ich sah Silke erstaunt an und auch ihr war das Erstaunen ins Gesicht geschrieben. „Den habe ich schon einmal gesehen." Marc Rohloff sah Silke fragend an, „Du kennst den Mann?" Silke schüttelte den Kopf, „Kennen nicht, ich habe den Mann nur bei einem der Bauern gesehen, den ich wegen des ersten Toten gefragt hatte, ob er diesen vielleicht kennt. Dieser Mann kam dazu und meinte, er kenne den auch nicht, als ich ihm das Foto gezeigt hatte." „Moment... also hat er hier in der Gemeinde gearbeitet?" „Ja, er war bei Hollmann als Helfer auf dem Hof, sein Vorname ist Wassili." Wir blickten auf den durchnässten Leichnam, der vor uns auf dem Boden lag. Der Kommissar hatte uns angerufen, nachdem ein Kajakfahrer den Mann unter einer Brücke treiben sehen hatte und die Polizei gerufen hatte. „Das ist nun der vierte Tote innerhalb weniger Tage." Marc Rohloff war sichtlich besorgt. „Wir müssen mehr Schub geben...", meinte Silke und schaute auf mich herunter.

Die Spurensicherung war gerade fertig und ich nahm mir den Leichnam mit meiner Nase vor. Er roch nach Modder, wie alles, das aus dem Kanal kommt. Das Gesicht von Wassili sah schrecklich aus. Seine Augen waren weit aufgerissen und er hatte eine große Wunde auf der Stirn. „Im Gegensatz zu den anderen Opfern wurde dieser Wassili von vorn erschlagen." Marc sah auf den Mann vor sich hinunter. „Der arme Kerl." „Kann ich mit zu Hollmann kommen?", fragte Silke ihn. Der Kommissar nickte und wir fuhren hinter ihm her. Ich suchte Kontakt zu Silke, indem ich sie über den Rückspiegel anstarrte. „Denkst, was ich denke?", fragte sie mich, „Matthias Meyer kann es nicht gewesen sein. Der Gerichtsmediziner hat den Todeszeitpunkt grob auf vor etwa vier Stunden festgelegt, wobei es noch zu Abweichungen kommen kann, da das Wasser eine genaue Bestimmung auf die Schnelle nicht zulässt. Meyer ist aber schon länger in

Untersuchungshaft und kann es demnach definitiv in diesem Fall nicht gewesen sein." Silke sprach aus, was ich gedacht hatte und ich drehte mich um meine eigene Achse und jaulte.

Bauer Hollmann lächelte uns freundlich an, als wir auf den Hof fuhren. „Hallo, Frau Lüttmann, haben Sie noch eine Frage?" Silke verzog das Gesicht zu einer Grimasse, „Wir sind aus einem anderen Grund hier." Marc stellte sich vor und Bauer Hollmann sah uns erstaunt an. „Was habe ich getan?", fragte er. „Herr Hollmann, wir müssen Ihnen etwas mitteilen." Der Bauer rieb sich die Hände. „Geht es um Wassili?" „Ja. Wann haben Sie Wassili das letzte Mal gesehen?" Herr Hollmann rang nach Worten, „Er hat heute morgen mit uns noch gefrühstückt, danach war er im Stall, jedenfalls glaube ich das. Ich habe ihn zum Mittagessen rufen wollen, aber er war nicht da. Mit dem Trecker bin ich über die Felder, doch er ist einfach nicht mehr da." Tränen traten ihm in die Augen. „Wassili ist seit fast fünf Jahren bei uns auf dem Hof, er ist wie ein Sohn für mich." Silke trat auf den Mann zu und legte ihre Hand auf seinen Arm. „Herr Hollmann, wir müssen Ihnen leider mitteilen, dass Wassili tot aufgefunden wurde." Der Bauer sackte förmlich zusammen und brach in Tränen aus. „Das kann doch nicht sein... Wassili ist doch ein gesunder junger Mann." „Wir müssen von einem Tötungsdelikt ausgehen.", klärte Marc den Bauern auf. „Ein was?" „Wassili wurde aller Wahrscheinlichkeit ermordet." „Nein, das glaube ich nicht, wer sollte ihm denn etwas tun? Wassili ist... war ein ruhiger lieber Bursche, er ist nie ausgegangen, obwohl meine Frau und ich ihn des Öfteren dazu ermuntern haben, damit er Leute in seinem Alter trifft, vielleicht sogar eine nette Frau. Wer tut ihm denn so etwas nur an?" Der Mann zitterte, so sehr regte er sich über die Nachricht auf. „Wie soll ich das nur Lisa erklären?" In diesem Augenblick kam Frau Hollmann aus dem Haus. Sie sah ihren Mann auf den Knien sitzen und lief auf uns zu. „Werner, was ist mit dir?" „Wassili...", begann Herr Hollmann, dann versagte ihm die Stimme. „Was ist mit Wassili?", fragte Lisa Hollmann. „Ihr Helfer Wassili wurde ermordet aufgefunden." Frau Hollmann riss den Mund auf, doch es kam nur ein stiller Schrei heraus. Die beiden Bauersleute waren schwer getroffen von der Nachricht über den Tod ihres Hofhelfers und Marc hielt es für besser, einen Arzt hinzuzurufen, da die beiden sich kaum mehr beruhigten.

Nachdem der hinzugerufene Arzt den Eheleuten Hollmann etwas zu Beruhigung gegeben hatte, wiederholten sie, dass Wassili kaum Kontakte außer ihnen beiden gehabt hatte. Er war jeden Tag auf dem Hof und wurde wie ein Sohn behandelt. Wassili konnte sich frei im Haus bewegen und sie hatten ihm später den Hof vererben wollen, da sie selbst keine Kinder hatten. Mir taten die Leute leid, denn sie waren ehrlich traurig und ich suchte ihre Nähe. „Ihr Hunde, Ihr wisst, wie man Trost spendet.", meinte Herr Hollmann und streichelte mich. Nachdem sich das Ehepaar etwas gefangen hatte, machten wir uns wieder auf den Weg. Silke ließ unsere Telefonnummer da, „Sie können mich gern anrufen, wenn Sie reden wollen." Die beiden bedankten sich bei ihr und winkten uns traurig nach, als wir abfuhren.

„Die Eheleute waren sichtlich erschüttert, ich denke, wir sind uns einig, dass wir sie als Täter ausschließen können." Silke stimmte Marc zu und ich bellte kurz. „Da sind wir uns einig, es hätte wenig Sinn gemacht, den Hof an Wassili vererben zu wollen und ihn dann umzubringen. Das Testament haben sie uns gezeigt, es war notariell beglaubigt.", stellte Silke fest. Ich stieß mit dem Kopf an Silkes Hand. „Siley und ich sind uns ebenfalls einig, dass Matthias Meyer für diesen Mord nicht in Frage kommt, selbst, wenn der Todeszeitpunkt noch ein wenig früher sein sollte, er ist seit gestern in Untersuchungshaft." „Wir haben in der Tat keine Indizien, dass er an den anderen Morden beteiligt war, daher habe ich unterwegs einen Anruf getätigt, dass man ihn bis auf Weiteres auf freien Fuß setzen soll. Er hatte übrigens keinen Anwalt hinzugezogen." „Ach, das wundert mich." meinte Silke, „Er scheint sich wohl wirklich keiner Schuld bewusst zu sein."

7

Der Kommissar fuhr zurück ins Revier und Silke sah seinem Wagen nach. Ich stand neben Silke und schaute die Straße hinauf. Am Sandweg stand wieder dieser Kastenwagen und ich knurrte leise. „Was hast du?", fragte Silke und sah in die Richtung, in die ich schaute. „Schau an... wieder dieser Kastenwagen." Silke kniff die Augen zusammen und versuchte, das Kennzeichen zu erkennen, „Das Kennzeichen ist doch absichtlich so verdreckt...", sie zuckte mit den Schultern, „Komm, wir lassen uns davon nicht beirren.", entschied Silke und wir gingen ins Haus.

Es hupte vor unserem Haus, wiederholt drückte jemand auf seine Hupe. Silke sah aus dem Fenster und hätte sie Nackenhaare gehabt, wären ihr diese sicherlich hochgegangen, da sie sehr wütend wurde. „Das kann doch wohl nicht wahr sein!", schimpfte sie und ging wutgeladen zur Tennentür. Ich sah nun auch aus dem Fenster und sah Matthias Meyer, den Angler vom Deich vor dem Tor stehen. Er beugte sich wieder in sein Auto und hupte erneut. Flink rannte ich hinter

Silke her, um ihr den Rücken zu decken. „Sie sind Schuld daran, dass ich im Gefängnis war, das werden Sie noch bereuen.", wetterte Herr Meyer und drohte mit der Faust in Silkes Richtung. „Ihre Lüge und ihr aggressives Verhalten hat Sie dorthin gebracht, ich habe damit nichts zu tun. Aber, falls Sie glauben, mir drohen zu können, dann seien Sie sicher, dass ich mich von NIEMANDEM bedrohen lasse.", Silke unterstrich ihre Worte, indem sie das Einfahrtstor öffnete und direkt auf Herrn Meyer zuging. Dieser sah Silke mit großen Augen an und ließ seine Faust sinken. „Nun sehen Sie zu, dass Sie mein Grundstück verlassen, dieser Teil gehört auch noch da zu." Mit dem Finger wies Silke auf die Einfahrt, wo Herr Meyer mit seinem Wagen stand. „Sie werden noch sehen, was Sie davon haben.", schnauzte Herr Meyer Silke an, was mich dazu verleitete, mit gefletschten Zähnen vor ihm zu stehen. „Ihr dämlicher Köter soll aufhören, sich einzumischen.", schnappte Meyer in meine Richtung. „Auf Wiedersehen!", wiederholte Silke und stellte sich zwischen Meyer und mich. Sie legte die Hand an die Autotür und ich fürchtete, sie würde diese zuknallen, während Meyer noch seine Hand im Türrahmen hatte, doch er zog diese schnell weg und Silke knallte die Tür laut zu. Sie zeigte mit der Hand an, dass er fahren solle, das er dann auch tat, wobei er uns durch den Rückspiegel einen hasserfüllten Blick zuwarf.

Die große Harley-Davidson stand im Hof und Andreas setzte sich seinen Helm ab. Er strahlte über das ganze Gesicht. „Meine erste Tour in diesem Jahr.", lachte er. Silke schüttelte lächelnd den Kopf, „Es sei dir gegönnt." „Was ist denn los?", fragte der Tierarzt. „Wieso?" „Ich sehe dir an, dass du dich über etwas ärgerst.", meinte Andreas und sah Silke prüfend an. „Ach... Matthias Meyer ist aus der Untersuchungshaft entlassen worden und hatte nichts Besseres zu tun, als hier aufzutauchen und ein Hupkonzert zu geben mir zu sagen, dass ich schon sehen würde, was ich davon hätte, ihn ins Gefängnis gebracht zu haben." Andreas baute sich vor Silke auf, „Wann war er hier?" Silke sah zu Andreas auf, „Kurz bevor du vorgefahren bist. Ich habe ihn des

Hofes verwiesen." „Roter Kombi?" „Ja. Wieso?" Andreas setzte sich seinen Helm auf. „Wo willst du denn jetzt hin?", fragte Silke ihn. „Ich werde ihm deutlich machen, dass er euch in Ruhe lassen soll." „Lass ihn doch. Er ist es nicht wert, dass du seinetwegen Ärger bekommst.", versuchte Silke ihn aufzuhalten. „Ich werde nur mit ihm reden. Versprochen." Andreas startete seine Maschine und fuhr vom Hof. „Ich hätte es ihm nicht erzählen sollen...", überlegte Silke und wir sahen ihm nach. Ich war etwas enttäuscht, da ich gerochen hatte, dass Andreas ein Schweineohr für mich in der Tasche gehabt hatte, mit der nun aber weggefahren war.

Silke sah immer wieder aus dem Fenster. „Warum meldet sich Andreas denn nicht eben?" Ich hörte den Briefkasten am Einfahrtstor klappern und gab mit einem Bellen bekannt, dass Post gekommen war. „Ich hole gleich die Post, die Rechnungen können auch noch etwas im Kasten liegenbleiben.", lachte Silke, dankbar, dass ich sie ablenkte von ihren Gedanken um Andreas. „Na komm, dann lass uns nach der Post schauen.",

Silke klopfte sich aufs Bein und ich sprang aus meinem Bett, um mit ihr in den Hof zu gehen. Aus den Augenwinkeln konnte ich gerade noch diesen grünen Kastenwagen wegfahren sehen. Silke hatte ihn wohl nicht bemerkt, da sie ein ausgebrochenes Huhn eingefangen hatte. Mit dem Briefkastenschlüssel öffnete sie den Standpostkasten und holte einen Brief heraus. „Der ist überhaupt nicht frankiert.", wunderte sie sich und riss den Umschlag auf.

„Hör auf mit spionieren sonst bist du tot im Kanal. Wir beobachten dir.",

las sie vor. „Rechtschreibung und Grammatik sind nicht gut, aber die Botschaft deutlich.", sagte Silke zu mir und schaute dann die Straße rauf und runter. Sie sah Hanne in ihrem Vorgarten stehen und ging zu ihr hinüber. „Moin, Hanne." „Moin,", Hanne wischte sich mit der Hand die Haare aus dem Gesicht. „Sag mal...", begann Silke, „Hast du heute jemanden gesehen, der etwas in meinem Postkasten geworfen hat?" Hanne überlegte kurz, „Da hat mal ein Auto bei dir gehalten, aber ob der etwas eingeworfen hat, das kann ich nicht sagen.", antwortete sie dann. „Wartest du auf etwas Bestimmtes?" „Nein, ich habe nur einen unfrankierten Brief ohne Absender bekommen." „Manchmal kommt bei mir auch komische Post an.", meinte Hanne. Wir gingen wieder zu uns nach Hause und Silke las den Brief mit der Drohung erneut. „Ich denke, ich sollte Marc anrufen." Zustimmend jaulte ich und wedelte mit der Rute.

Andreas reichte mir endlich das Schweineohr. „So! Ich denke, das mit Meyer wäre geklärt." „Du hast nun aber keinen Blödsinn gemacht, oder?" „Nein, ich habe nur vier meiner Motorradfreunde abgeholt und wir sind dann mal bei ihm vorgefahren. Ich wusste noch von damals, wo er wohnt. Mit meinen Kumpels als Meinungsverstärker habe ich ihm deutlich gemacht, dass er sich von dir, Siley und deinem Hof fernhalten soll." „Wie hat er reagiert?" „Er wurde erst etwas frech, aber nachdem ich mich vor ihm aufgebaut habe, hat er es dann begriffen." Andreas lachte, „Wenn er wüsste, dass ich die Harmlosigkeit in Person bin, dann wäre das sicher anders ausgegangen, aber fünf Biker können mit Halleys schon genug überzeugen." Silke nickte. „Prima." „Bist du nicht erleichtert?", wunderte sich Andreas. Ich stupste seine Hand an und hob die Pfote in Richtung Tisch. Andreas sah den Brief auf dem Tisch liegen und wollte ihn zur Hand nehmen. „Nicht anfassen.", bremste Silke ihn, „Der Brief war heute in meinem Kasten, mir wird darin gedroht." „Ist er von Meyer?" „Ich denke nicht, er wäre ja dumm, wenn er mich persönlich und schriftlich bedroht." Andreas las sich den Brief durch. „Oha... Das ist mal eine Ansage..." „Ich habe Marc schon angerufen, er holt den Brief ab. Er geht zwar nicht davon aus, dass Fingerabdrücke darauf sind, aber ein Versuch ist es wert." „Okay... Ich hole gleich meinen Wagen und bringe ein paar Klamotten mit." Silke wollte abwehren, doch Andreas sprach weiter, „Keine Widerrede, ich bleibe hier, bis das geklärt ist." Mit verdrehten Augen prustete Silke laut die Luft auf. „Wieso meldest du dich nicht gleich hier an und wir machen einen Rettungshof für Hunde auf." „Das ist eine fabelhafte Idee, über die wir heute Abend und die nächsten

Tage reden können.", zwinkerte Andreas. Ich schüttelte mich und legte mich in mein Bett. Nun würde dies Geturtel wieder losgehen. „Die Idee mit einem Rettungshof gefällt mir. Misshandelte und heimatlose Hunde aufzunehmen, sie zu vermitteln und die Welt aufzuklären... Das gefällt mir wirklich." Silke lachte und schlug ihm im Spaß auf den Arm. „Genau, ein Hundeasyl auf meinem Hof." „Warum nicht?" Silke begann zu überlegen.

8

„Kommst du mit?", Silke und ich standen zur Abfahrt bereit an der Tennentür und sie sah zu Andreas, der einen Ordner vor sich auf dem Tisch liegen hatte. „Wohin denn?" „Im Kanal wurde eine weitere Leiche gefunden, dieses Mal nahe des Bahnübergangs." „Hört das denn gar nicht mehr auf?", Andreas schüttelte bestürzt den Kopf, „Meine Buchhaltung kann warten, natürlich komme ich mit." Der Tierarzt stand auf, nahm seine Jacke und nickte Silke zu. Schweigend fuhren wir nach Augustfehn. Silke parkte den Wagen bei dem kleinen Gemeindehaus und als sie mich aus dem Wagen ließ, rannte ich sofort zum Kanal hinunter. Der Transportsarg stand schon offen am Kanal und ich beeilte mich, um noch schnell einen Blick auf die Leiche werfen zu können, bevor man sie in den Sarg legte. Es war eine Frau Mitte zwanzig, sie hatte langes dunkelbraunes Haar und sie sah aus wie eine schlafende Prinzessin. Vorsichtig näherte ich mich ihr, an ihrer Jacke hatte ich einen Geruch wahrgenommen, den ich schon vorher bei einer der anderen Leichen wahrgenommen hatte.

Silke hatte sich neben die junge Frau gekniet und ich sah, dass sie mit den Tränen kämpfte. „So eine hübsche junge Frau...", flüsterte sie, dann atmete sie tief durch und schaute sich um. „Sie trägt nur einen Stiefel.", rief sie zu Marc Rohloff hinüber, der mit Andreas an der Bank stand und umher zeigte. „Wir haben schon gesucht, aber der zweite Stiefel ist nicht auffindbar," „Ihr habt den Stiefel doch schon.", sagte Silke, „Siley hatte ihn doch am Deich gefunden." Der Kommissar riss die Augen auf und Andreas verkniff sich ein Lachen. „Der Stiefel...", begann Marc, „Sag nicht, du siehst das so, dass es der zweite ist?" Ich bellte und drehte mich um meine eigene Achse. „Siley ist sich auf jeden Fall sicher!" Marc zog sein Handy aus der Tasche und rief auf der Dienststelle an und öffnete kurz danach ein Foto auf seinem Smartphone. „Es ist tatsächlich ihr Stiefel.", stellte der Kommissar knirschend fest. Silke knuddelte mich und grinste, „Langsam solltest du wissen, dass Siley alles weiß."

„Seid Ihr heute Nachmittag zu Hause?", fragte Marc, nachdem der Leichenwagen abgefahren war, „Ich möchte gerne mit euch den Fall durchgehen. Wir müssen den Täter fassen, bevor die Sache noch weiter eskaliert." „Komm einfach vorbei, wir sind da.", antwortete Silke. Andreas hatte den Kofferraum geöffnet und ich sprang hinein. „Das ist nun die fünfte Leiche innerhalb einer Woche.", meinte er. „Meinst du, deine Buchhaltung kann noch ein paar Stunden warten? Ich würde gerne alle Fakten, die wir haben, zusammentragen. Bei der Buchhaltung kann ich dir später dann auch helfen, gelernt ist schließlich gelernt.", zwinkerte Silke.

Marc Rohloff nahm auf dem Gartenstuhl platz und sah sehr genervt aus. „Mein Chef macht mir gerade die Hölle heiß, ein Journalist der Tageszeitung war bei ihm vorstellig und nun hat mein Chef, zu recht, Bedenken, dass eine Art von Panik ausbrechen könnte." Silke stellte ihm eine Tasse Tee vor. „Das ist ja auch beängstigend, wenn reihenweise Menschen ermordet werden und alle im Kanal auftauchen. Die junge Frau wurde doch auch ermordet, oder?" Marc nickte, „Ja, sie hat eine tödliche Kopfverletzung, zugefügt durch einen stumpfen Gegenstand. Identität ist noch unbekannt, aber sie war schon tot, als sie in den Kanal geworfen wurde. Postmortale Verletzungen an Schulter und Rücken weisen eindeutig darauf hin, dass man sie Stunden nach ihrem Tod erst in den Kanal verbracht haben muss." „Sie war eine Schönheit und noch so jung.", Silke sah traurig aus. „Ob sie vielleicht die junge Frau ist, die vermisst wird?" „Ach, du meinst die Hofhelferin vom Hellmers-Hof, die mit ihrem Partner verschwunden ist." „Ja, genau. Warst du schon bei Hellmers?" „Nein, da wollte ich eigentlich heute Vormittag gewesen sein, aber dann wurde ich zum Leichenfundort gerufen. Ich fahre aber gleich noch zu ihm." Silke sah mich an und ich wedelte mit dem Schwanz. „Och, das war klar...", lachte Marc, „Das wäre mir aber sehr recht, wenn Ihr mitkämet. Siley kann dann, wenn wir mit Hellmers sprechen, ein wenig den Hof erkunden."

Bauer Hellmers hörte Marc zwar zu, aber es war deutlich zu spüren, dass er genervt davon war, dass wir da waren. „Ich hatte Ihrer Kollegin doch schon gesagt, dass ich den Toten nicht kenne.", dabei zeigte Hellmers auf Silke. Marc unterdrückte ein Lachen, indem er hustete und nickte dann nur. „Außerdem sind Alexandru und Maria schon wieder da. Sie waren nur nach Rumänien gefahren, um dort im Kreise ihrer Familien zu heiraten. Sie hatten das mit meiner Frau besprochen, sie hat vergessen, es mir auszurichten. Silke runzelte die Stirn ein wenig und gab mir dann mit den Fingern ein Zeichen, dass ich mich umsehen sollte. Während Silke und Marc den Bauern weiter ins Gespräch verwickelt hielten, schlich ich auf dem Hof umher. Es roch stark nach Kuh und ich musste meine Nase auf andere Dinge lenken. Vom Haupthaus aus lief eine Spur über den Boden, direkt zu einem Schuppen, der ich folgte. Vor der verschlossenen Schuppentür setzte ich mich ab, um Silke anzuzeigen, dass ich etwas entdeckt hatte.

Marc sah Silke fragend an, als sie ihn am Ärmel zupfte. Mit dem Kopf nickte sie in meine Richtung und der Kommissar verstand. „Herr Hellmers, dürfen wir einmal in den Schuppen sehen?" Der Bauer sah ihn finster an, „Ich wüsste nicht, warum.", entgegnete er und steckte beide Hände in die Hosentaschen, „Sie haben doch keinen Durchsuchungsbeschluss. Das habe ich im Fernsehen gesehen, ohne den dürfen Sie hier gar nichts." Hellmers grinste hämisch. „Es war nur eine Frage gewesen.", sagte Marc beschwichtigend. „Können wir denn vielleicht mit Alexandru und Maria sprechen? Es gab weitere Todesfälle, alles Rumänen, und wir möchten sie gerne befragen, ob sie uns den ein oder anderen Hinweis geben können." „Die beiden haben zu tun!", gab Hellmers schnippisch zur Antwort, „Wenn Sie sie sprechen wollen, dann laden Sie sie doch vor." „Das haben Sie sicher auch im Fernsehen gesehen...", flüsterte Silke und winkte mich zu sich heran. „Was haben Sie gesagt?", fragte Hellmers in drohendem Ton. „Ich habe gesagt, dass...", begann Silke, wurde jedoch von Marc unterbrochen. „Herr Hellmers, wir danken Ihnen. Sollten wir noch Fragen haben, werden wir Sie aufs Revier vorladen lassen, ganz offiziell." „Dann rufe ich wohl schon einmal meinen Anwalt an." „Ganz, wie

Ihnen beliebt.", lächelte Silke ihn mit zusammengekniffenen Augen an.

„Das war ja mal schräg... Der Mann hat wohl zu viel CSI geschaut.", Silke nahm einen Schluck ihres Cappuccinos und sah mir zu, wie ich mein trockenes Brötchen kaute, das sie mir gekauft hatte. Marc und Silke hatten beschlossen, auf dem Rückweg von Hellmers bei einem Bäcker einzukehren, um einen Kaffee zu trinken. „Meinst du, dass in dem Schuppen etwas Wichtiges sein könnte, etwas, das uns in diesem Fall weiterbringen könnte?" „Siley hat ganz klar angezeigt, dass in dem Schuppen etwas Verdächtiges ist, das macht er, indem er sich ohne Bellen hinsetzt." „Dann rufe ich jetzt am besten die Staatsanwaltschaft an, um einen Durchsuchungsbeschluss zu erwirken, bevor Hellmers den Schuppen leer räumt." Marc tätigte seinen Anruf mit dem Staatsanwalt und zeigte uns einen Daumen hoch. „Staatsanwalt Janßen sendet gleich per Fax den Beschluss aufs Revier, die Kollegen machen sich dann auf den Weg zu Hellmers. Wollt Ihr nochmal mit?" „Hallo? Da fragst du noch? Das lasse ich mir doch nicht entgehen. Oder was sagst du, Siley?" Ich hatte gerade mein Brötchen vertilgt und bellte zustimmend, unbedingt wollte ich dabei sein, wenn Hellmers den Schuppen öffnen musste.

Bauer Hellmers lachte laut und wies einladend zum Schuppen, als wir mit den Streifenpolizisten den Hof erneut betraten. „Herr Hellmers, wir haben hier einen Durchsuchungsbeschluss und bitten Sie, uns Zutritt zu Ihrem Schuppen zu gewähren.", leitete Marc die Untersuchung ein. „Immer nur hereinspaziert.", lachte Hellmers wieder laut, „Ich denke, Sie kommen vergeblich." Ich hatte beim Betreten des Hofes schon bemerkt, dass die Schuppentür sperrangelweit offen stand und auch Silke war dies aufgefallen. An ihrer Körperhaltung konnte ich erkennen, dass sie wütend war, doch sie hatte ein Lächeln aufgesetzt. „Hoffentlich haben Sie nichts vergessen bei Ihrer übereilten Aufräumarbeit.", schnippte sie den Bauern an. „Wollen Sie mir etwa etwas unterstellen?" „Nein, wie käme ich dazu." Silke und Hellmers starrten sich an, bis Hellmers sich abwandte und auf mich sah, Silke hatte die Oberhand gewonnen. „Der Köter soll nicht weiter auf meinen Hof kommen, ich habe einen wertvollen Tierbestand und kann mir Krankheiten, die er anschleppt nicht leisten." Ich legte meine Pfote auf die Nase und blinzelte zu Silke hoch. „Zu Ihrer Information, das ist kein Köter, das ist ein Hund! Und dieser Hund ist von der Polizei angefordert worden. Falls Sie nicht begreifen, was das bedeutet, helfe ich Ihnen kurz auf die Sprünge." Der Bauer sah Silke irritiert an. „Dieser HUND wird gleich auf Ihrem Hof herumlaufen und schnüffeln, wie es ihm gefällt, und nun gehen Sie uns bitte aus dem Weg." Silke lächelte bei ihren Worten, doch ihre Augen waren kalt. „Mein Anwalt wird gleich hier sein,", meinte der Bauer. „Prima, dann schicken Sie ihn doch direkt in den Schuppen." Silke drehte sich um und auch Marc wandte sich vom Bauern ab und steuerte auf den Schuppen zu.

„Da hat er aber schnell reagiert.", flüsterte Silke und nickte mit dem Kopf zu Hellmers, der an der Hofeinfahrt stehen geblieben war und Ausschau nach seinem Anwalt hielt. Er wirkte siegessicher, dass dieser der Durchsuchung ein abruptes Ende bereiten würde. „Siley soll sich genau umsehen, in der Eile hat Hellmers vielleicht etwas übersehen.", sagte der Kommissar, als wir den Schuppen betraten. Es sah sehr aufgeräumt aus, auf einer Werkbank lag nur ein Schraubendreher, ansonsten hatte alles seinen Platz an der Wand. Nirgends lag etwas herum, wie es in einem normalen Schuppen üblich ist. „Von Ordnung versteht er etwas.", gab Silke zu, „Mein Schuppen sieht trotz aller Bemühungen immer sehr wüst aus." „Vielleicht fragst du Hellmers, ob er deinen Schuppen aufräumen möchte.", scherzte Marc. Die Streifenbeamten hatten sich bereits ans Werk gemacht, schüttelten aber nach kurzer Zeit schon mit den Köpfen. „Herr Rohloff, hier ist rein gar nichts, das auf einen Mord oder eine andere Straftat hinweisen würde." „Leider... ich war mir so sicher gewesen. Warten Sie bitte noch kurz, bis der Labrador den Schuppen inspiziert hat, ich traue dem Bauern inzwischen einiges zu."

Mit der Nase am Boden und halb geschlossenen Augen, damit ich mich besser konzentrieren konnte, nahm ich mir jede Ecke des Schuppens vor, und gerade, als ich zu Silke zurückgehen wollte, bemerkte ich etwas, das hinter einem Zinkeimer lag. Mit einem leisen Bellen zeigte ich meinen Fund an und starrte auf den Stofffetzen. Silke klatschte in die Hände, „Sehr gut gemacht, Siley." Marc bat seine Kollegen, den Stofffetzen, der offensichtlich blutig war, einzutüten, um ihn im Labor untersuchen zu lassen. „Den haben wir nicht gesehen.", gaben sie zu. „Wir haben ihn alle nicht gesehen, er war zu versteckt hinter dem abgebrochenen Holzbrett. Sileys Nase hat uns wieder einmal gerettet, damit wir nicht ganz vergeblich hier aufmarschiert sind.", grinste Marc seine Kollegen an.

„Moin. Lüdinghaus mein Name, ich bin der Anwalt von Herrn Hellmers." Wir drehten uns alle zur Tür um und sahen einen älteren Herrn im Anzug in der Schuppentür stehen. „Rohloff, leitender Kommissar.", erwiderte Marc. „Meine Kollegen und Frau Lüttmann nebst Hund, die ich in Absprache mit der Staatsanwaltschaft zu dieser Durchsuchung hinzugezogen habe." Der Anwalt nahm den Beschluss zur Hand, las ihn durch und nickte dann Hellmers zu. „Mein Mandant bestreitet, etwas mit einem Mord zu tun zu haben. Ich gehe davon aus, dass Sie keine Hinweise, die eine Verbindung meines Mandanten mit dem Mord oder den Morden zu tun haben, gefunden haben?" „Wir haben einen blutigen Lappen versteckt gefunden, der erst im Labor untersucht werden muss. Bis dahin ist Ihr Mandant weiterhin tatverdächtig." Marc war in seinem Element. „Darf ich mal sehen?", fragte der Anwalt und warf einen Blick zu Hellmers, der verlegen zur Seite schaute. Marc hielt die Tüte hoch und gab sie dann wieder an seine Kollegen zurück. „Wie gesagt, ich lasse den Fetzen untersuchen, das Ergebnis teile ich Ihnen dann mit."

Wir fuhren gutgelaunt vom Hof. „Siley hat die Situation für uns alle gerettet. Ich hoffe, der Lappen bringt uns nun auch weiter. Bisher gab es keine weiteren Todesopfer, aber ich zucke inzwischen schon zusammen, wenn das Telefon klingelt." Silke nickte, „Ja, es ergibt bisher noch keinen Sinn, wobei ein Mord nie Sinn ergibt. Aber uns fehlt der gemeinsame Nenner. Außer, dass es sich bei allen Opfern um Menschen mit rumänischer Abstammung handelt, gibt es keine sonstige Verbindung." „Apropos... Wir haben die Identitäten aller Todesopfer in Zusammenarbeit mit den rumänischen Behörden ermitteln können. Zwei waren Erntehelfer, zwei andere haben ein Im- und Export-Gewerbe betrieben und das fünfte Opfer war hier nur im Urlaub, um Freunde zu besuchen." „Kurios.", meinte Silke nur dazu und sah mich im Rückspiegel an. Ihr Blick war voller Stolz und Liebe zu mir, was mir pures Glück durch die Adern fließen ließ.

9

Ein lauter Knall schreckte mich auf. Ich hatte im Hof auf meiner Liege gelegen und gedöst. Sofort sprang ich hoch und rannte noch etwas verschlafen und nicht wissend, was es gewesen war, zum Einfahrtstor und lief dort bellend hin und her. Von rechts hörte ich Barney bellen, der ebenfalls den Knall gehört hatte. Silke eilte aus dem Stall, den sie gerade ausmistete und sah sich sich nach mir um. Als sie mich am Tor sah, war sie erleichtert und schaute dann zu den Schafen auf der Koppel, die der Knall nicht interessierte, sie grasten in Ruhe. Ich versuchte, durch die Streben des Tores zu schauen, da ich links davon eine Bewegung sah. Wütend bellte ich immer lauter, bis Silke endlich hinter mir stand. „Sei ruhig.", forderte sie mich auf und lehnte sich über das Tor. „Da vorne steht der Kastenwagen, der uns immer wieder nachfährt.", stellte sie fest. Erneut versuchte ich, meinen Kopf durch die Streben zu drücken, aber es ging nicht und ich sah Silke ungeduldig an. „Er ist gegen den Baum gefahren.", fuhr Silke fort, „Warte... er setzt zurück." Warum öffnete Silke denn nicht das Tor? Ich wollte dorthin laufen. „Siley... ich mache schon auf, aber du bleibst bei mir. Verstanden?" Sie zeigte mit dem Zeigefinger, um ihren Worten Nachdruck zu verleihen.

Das Tor schwang auf und ich versuchte, an Silke vorbeizukommen, doch sie gab ein zischendes Geräusch von mir, sodass ich mich fügte und neben ihr blieb. Der Fahrer des Kastenwagens sah uns auf sich zukommen und gab immer wieder Gas, doch die Reifen drehten auf dem Gras durch, der Motor heulte wieder und wieder laut auf. Silke lief unbeirrt auf ihn zu, während der Fahrer sich hektisch umsah und wieder Gas gab. Der grüne Wagen ruckelte ordentlich, dann hatten die Reifen plötzlich wieder Griff und das Fahrzeug setzte zurück. Vorne sah es arg zerbeult aus, der Fahrer musste mit zu hoher Geschwindigkeit für diese kleine Straße, in der wir wohnen, von der Straße abgekommen sein und dann vor diesen Baum geknallt sein. Wir liefen etwas schneller, Silke war gewillt, den Fahrer aufzuhalten, der panisch am Lenkrad riss.

Das Aufheulen des Motors war so laut, dass wir das Motorrad von Andreas nicht hörten, der nun hinter dem Kastenwagen aus der Kurve auftauchte. Der Tierarzt bemerkte sofort, dass etwas nicht stimmte und stellte seine große Maschine quer auf die Straße, um den Kastenwagen am Wegfahren zu hindern. Als der Fahrer dies im Rückspiegel bemerkte, sackte er förmlich am Lenkrad zusammen. Andreas war von seinem Motorrad abgestiegen und sah in seiner Lederkluft ziemlich beeindruckend aus.

Gemeinsam traten wir an die Fahrertür heran. Andreas hielt Silke mit einer Hand zurück und riss mit der anderen die Tür auf. Am Steuer des Kastenwagens saß eine Frau mittleren Alters, sie schluchzte laut und Tränen rannen ihr die Wangen herunter. Silke sah mich verwundert an und ich schob mich vorsichtig zwischen ihr und Andreas durch, um an die Frau heranzukommen. Sie hielt das Lenkrad mit beiden Händen umklammert und zitterte, sie sagte kein Wort. Andreas griff zum Zündschlüssel und machte den Motor aus. „Geht es Ihnen gut? Haben Sie Schmerzen?", fragte er die Frau. Sie antwortete nicht, es schien, als bemerkte sie uns gar nicht. Silke kniete sich neben das Auto und sah die Frau von unten an. „Sind Sie verletzt? Sollen wir einen Krankenwagen rufen?" Die Frau wandte ihren Blick langsam zu Silke, sie hatte fast so braune Augen, wie Silke, und schüttelte den Kopf. „Es ist nichts passiert. Nur das Auto..." „Das ist nur Blech, das kann man ersetzen.", versuchte Silke die Frau aufzumuntern. „Können Sie aussteigen?`", fragte Andreas. Die Frau sah ihn an, dann wieder zu Silke. „Ich... ja... ich denke schon." Silke half ihr beim Aussteigen, nachdem die Frau mit zitternden Händen den Sicherheitsgurt gelöst hatte. Sie wankte ein wenig und Andreas griff ihr von der anderen Seite unter die Arme. „Kommen Sie, wir gehen zu mir auf den Hof und sie erholen sich von dem Schock.", bot Silke ihr an und die Frau ließ sich zu den Gartenstühlen bringen, wo sie sich setzte.

Andreas hatte Kaffee aufgesetzt und brachte der Frau ein Glas Wasser.

„Trinken Sie bitte." die Frau nahm das Glas und leerte es einem Zug. Ich näherte mich ihr langsam, legte meinen Kopf auf ihr Knie. Sie sah mich erschrocken an. „Oh..." „Das ist Siley, er tut Ihnen nichts.", sagte Silke und streichelte mich. „Ich bin übrigens Silke Lüttmann und dies ist Andreas Steiner.", stellte sie uns alle vor. „Entschuldigen Sie bitte... mein Name ist Janina Wilts." Langsam fasste sich die Frau und sie sah sich um. „Der Baum, ich bezahle den Schaden natürlich." Silke winkte ab, „Alles in Ordnung, dem Baum ist nicht viel passiert. Aber nun sagen Sie uns doch bitte, was passiert ist." Frau Wilts seufzte laut, atmete einmal tief durch und begann zu sprechen. „Frau Lüttmann, war so in Gedanken, dass ich von der Straße abgekommen bin." Während sie sprach, vermied sie Augenkontakt.

Silke sah Andreas verstohlen an, der die Stirn runzelte. „Sie sind aber doch nicht das erste Mal hier lang gefahren.", sagte Silke. Janina Wilts sah Silke an und begann wieder zu weinen. „Frau Wilts, Sie verfolgen mich seit einiger Zeit. Ihr grüner

Kastenwagen ist durchaus auffällig." Silke verschränkte die Arme vor der Brust. „Warum tun Sie das?" Die Frau sah von einem zum anderen und man sah, dass sie überlegte. „Wir hören...", drängte Andreas. Frau Wilts verbarg ihr Gesicht in den Händen und ein Zittern ging durch ihren Körper. „Frau Wilts?" „Ja...", gestand die Frau, „Meine Schwester, Carola...", wieder zitterte sie. „Was ist mit Ihrer Schwester?" „Carola ist verschwunden." Ich hatte mich aufrecht hingesetzt. Andreas hatte sich einen Stuhl herangezogen und Silke hockte sich auf den Tisch. „Frau Wilts, Sie sollten schon genauer werden." „Vor allem, warum verfolgen Sie Frau Lüttmann, wenn Ihre Schwester verschwunden ist?" „Carola und ihr Freund sind Journalisten und waren an einer Sache dran..." Die Frau schwieg dann wieder. „So, entweder rufen wir nun die Polizei oder Sie erzählen uns endlich, worum es hier geht.", Silkes Ton wurde scharf, erzielte aber die gewünschte Wirkung.

Janina Wilts fing an, zu erzählen. „Meine Schwester Carola und ihr Freund sind auf eine Sache gestoßen. Es geht um Ausbeutung von Menschen aus Osteuropa. Carolas Freund ist Rumäne und Bekannte von ihm sind über eine Arbeitsfirma nach Deutschland gekommen. Es wurde denen wohl erzählt, dass sie viel Geld verdienen würden, wenn sie für ein paar Monate in Deutschland arbeiten würden. Andrej, der Freund von Carola, er hat in Deutschland Journalismus studiert, da haben die beiden sich auch kennengelernt, hat dann von seinen Bekannten erfahren, dass diese fast täglich 12 Stunden arbeiten mussten, zum Teil sieben Tage die Woche und sie mussten für die Unterkünfte, in denen sie sich mit vier Personen ein Zimmer teilen mussten, pro Person 500 Euro Miete zahlen mussten. Dazu kamen dann noch andere Fixkosten. Am Ende blieben den Arbeitern weniger Geld, als wären sie in Rumänien geblieben. Gewalt soll auch wohl an der Tagesordnung sein. Daraufhin haben Carola und Andrej beschlossen, sich einschleusen zu lassen, um zu recherchieren. Ich war dagegen, aber die beiden haben sich nicht davon abbringen lassen. Bis vor einer Woche hatte ich noch Kontakt zu Carola, seitdem ist ihr Handy nicht mehr erreichbar. Ich bin dann zu dem Hof gefahren, wo die beiden als Helfer eingestellt wurden, und habe dort gefragt. Der Bauer hat mich mit einem Gewehr vom Hof gejagt. Danach habe ich Sie gesehen, wie sie mit diesem Bauern gesprochen haben und dachte, sie stecken da mit drin, nachdem ich gesehen habe, dass Sie auch einen Hof betreiben." Frau Wilts sah Silke an. „Ich habe hier keine Helfer beschäftigt, hier erledige ich die Arbeiten selbst. Allerdings betreibe ich den Hof auch nicht wirtschaftlich, sondern als Lebenseinstellung. Meinen Lebensunterhalt verdiene ich mit dem Schreiben von Büchern, Hundephysiotherapie und kleinen Vorträgen, das deckt so gerade die Kosten für den Hof.", klärte Silke die Frau auf. Ich bellte, um deutlich zu machen, dass bei uns alles korrekt zuging.

Andreas und Silke sahen sich an und kommunizierten über die Augen miteinander. Ich verfolgte ihr „Gespräch" und stupste Silke an der Hand an. Uns allen war klar, dass die Informationen von Frau Wilts ein großer Schritt vorwärts bei unseren

Ermittlungen war. „Frau Lüttmann... es tut mir wirklich leid, dass ich Sie zu unrecht verdächtigt habe. Verstehen Sie bitte, ich mache mir große Sorgen um meine Schwester." „Das kann ich verstehen.", Silke sah mich an und ich zwinkerte kurz, auch Andreas stimmte nickend zu und so sprach Silke weiter, „Frau Wilts, Sie hätten sich bei der Polizei melden sollen... Ich will nichts beschönigen, es gab fünf Todesfälle." Frau Wilts schluckte. „Ihre Schwester ist nicht darunter, denn die Identitäten sind alle bestätigt. Es hat aber nun ganz den Anschein, dass Ihre Schwester in Gefahr sein könnte. Ich werde Herrn Rohloff von Polizei anrufen, er ist ein Freund von uns und ermittelt in dem Fall, damit er mit Ihnen sprechen kann." Frau Wilts nickte und Silke rief Marc an.

„Sie hätten direkt die Polizei rufen sollen, als Sie Ihre Schwester nicht mehr erreichen konnten, zumal Sie von ihren Vermutungen wussten. Ich werde Ihre Schwester zur Fahndung ausschreiben, geben Sie mir dafür bitte das Foto? Sie bekommen es zurück." Marc Rohloff, der Kommissar sah sehr besorgt aus und winkte Silke,

Andreas und mich zu sich. Wir gingen auf die Tenne und Marc vergewisserte sich, dass Frau Wilts an ihrem Platz geblieben war. „Ich hoffe, wir finden die beiden Journalisten lebend, aber ich muss gestehen, dass ich wenig Hoffnung habe. Eigenmächtiges Ermitteln ist viel zu gefährlich." Silke sah mich an und zwinkerte mir zu. „Die beiden haben nicht ermittelt, sie haben recherchiert für einen Artikel.", stellte Silke richtig. „Das macht keinen Unterschied, du weißt, was ich meine." „Ich sage dazu nun nichts.", grinste Silke, „Wichtig ist, dass wir die beiden jungen Leute schnell finden.", fügte sie dann mit ernstem Gesicht hinzu.

10

„Sie schon wieder!", donnerte Bauer Hellmers uns an, als wir seinen Hof betraten. „Ja, und auch dieses Mal wieder mit einem richterlichen Beschluss." Marc hielt ihm diesen vor und wir liefen trotz der Proteste von Hellmers an ihm vorbei. „Was wollen Sie denn jetzt noch von mir?" „Wir haben Hinweise erhalten, dass Sie eine Waffe besitzen. Nach Prüfung habe ich feststellen müssen, dass Sie nicht im Besitz einer gültigen Waffenbesitzkarte sind. Händigen Sie mir umgehend ihre Waffe aus, die nicht eingetragen und damit illegal in Ihrem Besitz ist." Hellmers zuckte zusammen, fing sich jedoch schnell und grinste breit. „Das wird mein Anwalt klären, ich rufe ihn sofort an. Nur, weil eine dahergelaufene Tuse so etwas sagt, lasse ich mir dies nicht bieten." „Wer hat etwas davon gesagt, dass eine Frau uns diese Information zugetragen hat?", fragte Silke und zog eine Augenbraue hoch. Ich knurrte leise und behielt den Bauern im Auge. „Das haben Sie doch vorhin gesagt." „Nein! Sie haben sich soeben selbst verraten und damit ein Geständnis abgelegt." „Ich werde nichts weiter sagen, bis mein Anwalt hier ist." Silke sah den Mann finster an und trat näher auf ihn zu. „Sie verschlimmern Ihre Situation mit Ihrem Verhalten, kooperieren Sie mit uns und der illegale Waffenbesitz kann als Ordnungswidrigkeit behandelt werden. Ansonsten stehen Sie unter dringendem Verdacht, fünf Menschen ermordet zu haben." Hellmers sah hilfesuchend zur Straße, doch von seinem Anwalt, der sich direkt nach seinem Anruf auf den Weg machen wollte, war noch nichts zu sehen. „Das ist Ihre Entscheidung.", meinte Silke. „Ich habe niemanden ermordet.", leugnete Hellmers, dabei klang Verzweiflung in seiner Stimme mit. Er sah zu mir und dann zu Andreas, der abwehrend die Hände hob. „Herr Hellmers, holen Sie das Gewehr und übergeben Sie es an den Kommissar." Der Bauer schloss die Augen, holte tief Luft und sagte „In Ordnung. Kommen Sie mit, das Gewehr liegt im Schuppen, meine Frau weiß nichts davon."

Im Schuppen nahm Marc das Gewehr entgegen, es hatte in eine Decke gehüllt in einer Futterkiste gelegen.

„Danke.", sagte Marc und vergewisserte sich, dass das Gewehr gesichert war. „Das junge rumänische Paar, das bei Ihnen beschäftigt ist... Sind die beiden heute zu sprechen?" Silke sah Hellmers mit leicht zusammengekniffenen Augen an. „Das Paar?" „Ja, genau." Hellmers trat aus dem Schuppen und sah sich um. „Maria! Adrian!", rief er laut.

Wir schauten in die Richtung, in die er gerufen hatte. Es dauerte einen Moment, dann traten zwei junge Leute aus dem kleinen Kälberstall heraus. „Ja?", fragte der Mann. „Kommt mal her!" Silke flüsterte, „Freundlich geht aber anders." „Was?", fragte der Bauer. „Nichts.", entgegnete Silke und verdrehte die Augen. Ich sah die beiden jungen Leute mit offenem Maul an. Marc, Andreas und Silke ging es genauso. „Das sind Ihre Helfer, die kürzlich nach Rumänien gereist sind, um zu heiraten?" „Ja, wieso fragen Sie?" Marc trat dem jungen Ehepaar entgegen und sprach kurz mit ihnen, er nickte, gab ihnen die Hand und kam zu uns zurück. „Sie haben bestätigt, dass sie hier arbeiten und vor kurzem in Rumänien geheiratet haben. „Meine

Helfer sind ganz legal hier angestellt, ich kann Ihnen die Verträge zeigen.", schwor Hellmers. Marc nickte und Hellmers holte die Unterlagen aus dem Haus. „In Ordnung, Herr Hellmers. Sie hören von uns wegen der Waffe."

Als wir vom Hof gingen, bog Hellmers Anwalt gerade in die Einfahrt ab. Marc winkte im kurz zu und wir gingen zu unseren Fahrzeugen. Ich drehte mich noch einmal kurz um und sah, dass Hellmers wild gestikulierte, als er mit seinem Anwalt sprach. Dieser versuchte ihn zu beruhigen, doch Hellmers riss sich los und stampfte in Richtung Haus. Anwalt Janßen folgte ihm. „Die beiden sind sich anscheinend nicht ganz einig.", stellte Silke fest und konnte sich das Lachen nicht verkneifen. „Der Anwalt scheint von der Waffe keine Kenntnis gehabt zu haben, das mögen die nicht gern.", lachte auch Marc. „Aber nun zu dem Paar... Was haben sie zu dir gesagt?", fragte Silke neugierig. „Sie haben bestätigt, was Hellmers gesagt hat. Auch die Verträge geben an, dass sie schon länger bei ihm arbeiten." „Ich weiß nicht, was Ihr gedacht habt, aber ich hatte Carola Wilts und ihren Freund Andrej erwartet." Andreas zupfte sich an seinem Bart. „Wir haben alle etwas seltsam geschaut, als sie es nicht waren." Ich bellte und es sah aus, als ob sie auslachte. „Das war echt eine Überraschung. Bleibt die Frage, wo sind Carola und Andrej?" „Maria und Adrian haben mir glaubhaft versichert, dass kein anderes Paar bei Hellmers gearbeitet hat, außer ihnen war dort kein Helfer angestellt oder hat dort gearbeitet, seit sie bei Hellmers sind und das sind sie laut Vertrag schon seit etwas über zwei Jahren." „Ich hoffe nicht...", Silke sprach es nicht aus, aber wir wussten alle, dass sie hoffte, die beiden Journalisten wären noch nicht tot.

Marc musste zurück aufs Revier und auch Silke und Andreas hatten noch zu tun. Ich gesellte mich zu Lissy, meinem Lieblingsschaf auf die Weide. Die letzten Tage waren aufregend gewesen und ich brauchte Lissys Nähe, um meine Gedanken zu sortieren. Je mehr ich darüber nachdachte, desto mehr spürte ich, dass wir etwas Wesentliches übersehen hatten und ich überlegte hin und her. Wie konnte ich mich bei Hellmers so getäuscht haben? Für mich war klar gewesen, dass er unser Mörder war, doch anscheinend hatte ich mich mächtig geirrt, obwohl er kein Unschuldslamm war, wie alles andere bewiesen hatte. Das Ergebnis der Laboruntersuchung des blutgetränkten Lappens aus Hellmers Schuppen stand auch noch aus. Die Gegenwart von Lissy tat mir gut und ich begann, die letzten Tage in Ruhe zu überdenken und alles, was ich bisher wusste, zu sortieren.

Marc Rohloff winkte am Tor zu uns herüber. „Moin. Bekomme ich einen Kaffee?" Silke lachte und ließ ihn auf den Hof. „Moin. Wer so freundlich fragt, der bekommt hier immer ein Heißgetränk." „Ich habe auch Neuigkeiten." „Erzähl.", drängte Silke. Der Kommissar zierte sich auf alberne Weise und ich bellte, da ich auch hören wollte, was er herausgefunden haben mochte. „Na gut. Auf dem Drohbrief, den du bekommen hast...", Marc nahm einen Schluck Kaffee und genoss es, uns hinzuhalten. Ungeduldig winselte ich. „Oh man... Marc... Was ist mit dem Drohbrief?" „Ist ja schon gut.", lachte Marc, „Auf dem ganzen Brief war kein einziger Fingerabdruck." „Und das soll nun eine gute Nachricht sein?" „Von gut hatte ich nichts gesagt.", zwinkerte der Kommissar, „Aber die Kriminaltechnik hat auf dem Umschlag einen gefunden. Dieser befand sich auf dem Selbstklebestreifen. Seltsamerweise bedenken das viele Leute nicht." „Ja und? Weißt du nun, wer mir diesen netten Brief gesendet hat?" „Leider nein... Aber wir sind noch dran. Die Datenbank hat noch nichts ergeben. Ich werde aber von Herrn Hellmers Fingerabdrücke nehmen. Seinen Anwalt habe ich schon in Kenntnis gesetzt, er wird mit Hellmers später aufs Revier kommen." „Meinst du wirklich, dass er mir den geschickt hat?" Ich legte meinen Kopf schief auf die Seite und gab ein leises Jaulen von mir. „Was meint Siley?" „Er geht davon aus, dass es nicht Hellmers war, der mir den Brief gesendet hat, sondern jemand anderes.", übersetzte Silke. „Ich rufe dich nachher an, was rausgekommen ist. Ich bin relativ sicher, dass Hellmers unser Täter ist, wir müssen es ihm nur noch beweisen. Bislang haben wir nicht ausreichende

Indizien, um ihn wegen Mordes zu verhaften."

Silke schaute dem Wagen des Kommissars hinterher, als er davonfuhr. „Marc scheint sich zu verrennen, glaube ich. Was meinst du dazu?" Ich bellte und drehte mich um meine eigene Achse, um Silke mitzuteilen, dass ich ihrer Meinung war. Andreas kam Marc mit seinem Wagen entgegen und die beiden unterhielten sich kurz durch die heruntergelassenen Autoscheiben. Marc hupte dann und fuhr weg, während Andreas uns zuwinkte, als er uns sah. Silke öffnete das Tor und ich rannte um den Caddy des Tierarztes herum, da ich mir ein Leckerli erhoffte, ich wurde nicht enttäuscht. Das Leckerli kauend hörte ich den beiden zu, wie sie über den Fingerabdruck und Marcs weiteren Ermittlungen gegen Hellmers sprachen. „Siley und ich sind uns sicher, dass Marc sich gerade verrennt.", meinte Silke. „Nun ja, das klingt aber schon plausibel, was Marc sagt. Du musst zugeben, dass Hellmers sich verdächtig verhält." „Anfangs hatte ich das auch gedacht, aber wenn ich Siley beobachte, dann sehe ich, dass mein kleiner Detektiv anderer Meinung ist." „Marc möchte, dass wir nachher mit zu Hellmers fahren, er hat gerade im Wagen einen Anruf von seinem Anwalt bekommen. Herr Janßen bat Marc, die Fingerabdrücke auf dem Hof abzunehmen." „Unbedingt!", lachte Silke, „Wollen wir nun erst einmal Tee trinken?" „Endlich fragst du, ich habe doch extra noch Gebäck mitgebracht." Bei dem Wort Gebäck rannte ich sofort ins Haus und wartete darauf, dass Silke und Andreas sich an den Tisch setzten, damit ich wenigstens ein wenig davon abbekäme.

„Herr Hellmers, ich danke Ihnen, dass sie kooperieren. Wir benötigen die Fingerabdrücke für einen Abgleich." „Tun Sie, was Sie nicht lassen können. Ich habe niemanden ermordet." Hellmers Anwalt berührte seinen Mandanten am Arm, damit Hellmers ruhig blieb. Ich saß neben Silke und sah mich um. Das junge rumänische Pärchen stand hinter dem Silohaufen und beobachteten, was passierte, außer mir hatte sie keiner bemerkt. Es war deutlich, dass sie Angst hatten, doch diese hatten sie augenscheinlich nicht vor Hellmers, denn sie sahen sich immer wieder verstohlen um. Die Worte des Anwalts von Hellmers richteten meine Aufmerksamkeit wieder auf die Menschen vor mir. „Mein Mandant möchte eine Aussage machen." Andreas und Marc raunten leise, doch Silke sah mich lächelnd an. „Eine Aussage?", wiederholte Marc. Herr Janßen nickte Bauer Hellmers ermunternd zu. „Jaaa... es ist so... Ich habe etwas Illegales getan." Marc hatte direkt seine Hand an seine Waffe gelegt. „Mit den Morden habe ich jedoch nichts zu tun, das müssen Sie mir glauben." Hellmers redete um den heißen Brei, wie Silke immer sagte. „Mein Mandant hat gewildert.", übernahm der Anwalt das Wort, „Er hat im nahegelegenen Wald Wild geschossen und es hier auf seinem Hof aufgebrochen und zerlegt. Für diesen Zweck hatte er sich das Gewehr zugelegt, von dem seine Frau nichts wusste. Das Fleisch hat er als Biofleisch verkauft."

Es herrschte kurzzeitig Stille. Marc sah man an, dass er enttäuscht war, er hatte mit einem Mordgeständnis gerechnet, auch Andreas stand mit langem Gesicht da. Das Klingeln von Marc Handy unterbrach die Stille. „Entschuldigen Sie bitte.", der Kommissar drehte sich von uns weg und sprach sehr leise. „Seid Ihr ganz sicher? Von einem Tier? Okay, danke." Marc drehte sich wieder zu uns. „Das Blut auf dem Tuch, das wir in Ihrem Schuppen gefunden haben, ist nicht menschlich, es stammt von einem Wildtier." „Das sage ich doch, ich habe gewildert. Meine Frau sollte davon nichts mitbekommen, sie hätte dafür keinerlei Verständnis gehabt, deswegen musste ich nach der Schlachtung den Schuppen gut säubern." „In Ordnung, wir werden sie aufs Präsidium bestellen, damit wir das Protokoll aufnehmen können. Wenn ich nun Ihre Fingerabdrücke nehmen dürfte, dann sind wir auch gleich wieder weg." Marc kam seiner Arbeit nach und ich suchte die beiden jungen Rumänen, doch sie waren verschwunden.

11

Silke forderte mich auf, in den Caddy von Andreas einzusteigen, „Komm, Siley, wir wollen wieder nach Hause, die Schafe warten auf ihre Kräuter." Ich weigerte mich jedoch und lief ein Stück die Straße hinauf. „Siley! Komm her.!", rief Silke. Sie kam langsam hinter mir her und ich bellte, damit sie schneller lief. „SILEY! Stopp jetzt!", rief Silke nochmal hinter mir her, doch ich rannte etwas schneller von ihr weg. „Was ist denn los mit dir?" Silke drehte sich zu Andreas um, „Tut mir leid., aber wir sollten Siley folgen. Ich fürchte, Siley möchte uns etwas sagen." Andreas schloss die Türen des Caddy und folgte Silke. „Was will er uns denn sagen?", fragte er. „Das kann ich dir noch nicht sagen, aber ich sehe ihm an, dass er ein Ziel verfolgt." Mit Silke und Andreas im Schlepptau lief ich die Straße weiter hoch. „Siley läuft zielstrebig zum Hof von Krüger zu. Das war der, der uns nach Hause gebracht hat, als wir mit dem Foto des ersten Toten herumgefragt haben, ob ihn jemand kennt." „Der freundliche Bauer mit dem sauberen Hof?" „Ja, genau der."

Ich fiel in einen schnelleren Trab und bog auf den Hof von Krüger ein. Am Anfang der Einfahrt blieb ich stehen und wartete auf Silke und Andreas. „Hallo Hündchen. Besuchst du mich mal wieder?" Der Bauer des Hofes kam auf mich zu, er hatte mich gesehen, wie ich seinen Hof betreten hatte. „Moin. Tut mir leid, mein Hund wollte unbedingt zu Ihnen.", lächelte Silke. „Moin. Kein Problem. Soll ich Sie wieder nach Hause fahren?" „Nein, mein Fahrer kommt da um die Ecke." Der Bauer sah Andreas an und lächelte breit. „Moin. Sind Sie nicht Tierarzt?" Andreas sah den Mann verwundert an, „Ja, das bin ich. Steiner mein Name." „Sie waren mal bei meinen Nachbarn auf dem Hof und haben ein Kalb per Kaiserschnitt geholt, die waren ganz begeistert von Ihnen und Ihrer Arbeit." Der Bauer strahlte Andreas an, der von der Art des Mannes angetan war. „Übrigens, mein Name ist Krüger.", stellte sich der Bauer vor, „Sie gehörten zusammen?" Er deutete auf Silke und mich. „Ja, Wir waren gerade auf dem Nachbarhof und dann ist der Hund losgelaufen, um hier anzuhalten.", erklärte Andreas. „Frau Lüttmann habe ich ja schon einmal nach Hause gefahren." Silke sah mich an und dann den Bauern. „Ich glaube nicht, dass ich mich Ihnen vorgestellt hatte." „Wie bitte?", Herr Krüger biss sich auf die Lippen, „Man kennt Sie doch hier am Ort.", sagte er dann und lächelte wieder.

Herr Krüger hatte mitbekommen, dass auf dem Hof seines Nachbarn Hellmers in den letzten Tagen viel Polizei gewesen war und fragte Andreas und Silke aus. Ich sah mich um, es war wie beim letzten Mal sehr sauber. Den Tod von Wassili hatte der Mann anscheinend auch verarbeitet. „Morgen fängt ein neuer Helfer an. Nun, wo Wassili nicht mehr ist, musste ich eben einen neuen Hofhelfer suchen." Krüger zuckte mit den Schultern. „Ja...", murmelte Silke. Der Mann grinste unentwegt, das war mir unterschwellig schon bei unserem ersten Besuch bei ihm aufgefallen, aber ich hatte mich von seiner freundlichen Art umgarnen lassen. „Sie haben nicht zufällig von einem jungen Paar gehört, das vermisst wird?", fragte Silke mit einem Mal. Die Gesichtszüge des Bauern froren für einen Moment ein. „Nein. Das Paar von

Hellmers ist doch wieder da." „Das schon, aber wir suchen ein anderes Paar. Sie ist Deutsche und er Rumäne." „Eine Deutsche?", zischte Krüger, „Nein, ich habe keine Ahnung. Manchmal sind die jungen Leute aber einfach nur zu neugierig." „Wie meinen Sie das?", hakte Silke nach. Krüger sah Andreas an, vermied es jedoch Silke und mich anzuschauen, „Ach, nur so."

Mir war nun klar, was los war, doch wie konnte ich es Silke und den anderen mitteilen? Mir fehlte noch immer das Motiv, aber ich war mir sicher, dass ich nun auf dem richtigen Weg war. Silke nahm die Hand von Andreas und wir gingen langsam vom Hof. „Nicht umdrehen, lauf ganz normal." „Warum sollte ich anders laufen? Der Mann ist doch total nett. Ich mag den." Andreas schüttelte den Kopf auf Silkes Geheimnistuerei. „Mit dem Mann stimmt etwas nicht. Siley hat das deutlich angezeigt." „Das sehe ich aber anders." Silke und ich sahen Andreas fassungslos an, „Anders? Nur, weil er dich als guten Tierarzt bezeichnet hat? Der Mann hat dich um den Finger gewickelt." Silke ließ die Hand von Andreas los und nahm ein wenig Abstand von ihm. „Silke, ich halte Krüger für einen harmlosen und sympathischen Bauern. Sein Hof ist tadellos in Ordnung." „Ist dir nicht aufgefallen, dass er meinen Namen wusste und dann die anderen Äußerungen, die er getan hat. Außerdem ist sein Lächeln nur aufgesetzt, seine Augen sind kalt, wenn er lächelt." Andreas dachte nach, „Mmhhh... „Okay, das Lächeln war schon eine Nummer zu viel." Ich gab ein knurrendes Jaulen von mir. „Ihr mögt da vielleicht Recht haben. Rufen wir doch Marc an, dass er sich Krüger einmal vornimmt." „Nein, ich will erst Beweise haben, bevor ich Krüger unter Verdacht stelle." „Wie willst du denn Beweise kriegen?" „Das weiß ich noch nicht, aber ich werde einen Weg finden." Wir fuhren nach Hause und ich gesellte mich zu Lissy, mir ging es super, da Silke mich verstanden hatte.

„Ich habe eine Überwachung für Hellmers angeordnet. Die Kollegen halten mich auf dem Laufenden, was Hellmers so treibt. Irgendwann wird er einen Fehler machen und dann haben wir die nötigen Beweise, um ihn wegen Mordes festnehmen und vor

Gericht bringen zu können." Marc saß am Küchentisch und sah siegessicher aus. Ich sah Silke an und sie gab mir ein Zeichen, ruhig zu sein. „Wir sind gespannt.", meinte sie nur zu Marc. Andreas wollte gerade etwas sagen, doch Silke schüttelte den Kopf und so schwieg er. „Ihr seid nicht einer Meinung mit mir, das merke ich wohl, aber ich mache meinen Job schon eine ganze Weile und weiß, wenn ich einen Mörder vor mir habe." Der Kommissar nahm sich einen Keks und lächelte. „Alles gut.", sagte Silke, „Gibst du uns Bescheid, wenn Ihr erfolgreich wart?" „Natürlich."

Silke mistete den Unterstand der Schafe aus und setzte sich dann ins Gras. Ich legte meinen Kopf in ihren Schoß und sah sie von unten herauf an. „Hellmers hat gewildert, aber ich denke nicht mehr, dass er etwas mit den Morden zu tun hat. Krüger ist unser Mörder, nur leider will Marc davon nichts wissen, ich hoffe, Krüger hat die beiden Journalisten, Carola und Andrej, nicht auch schon umgebracht. Bisher gab es keine weiteren Mordopfer und wir wurden auch nicht weiter mit seltsamen Briefen bedroht."

Ich kuschelte mich noch enger an Silke, es war so ein schönes Gefühl, wenn wir einer Meinung waren. „Wie wollen wir denn nun vorgehen? Andreas scheint mehr Marc Theorie zu vertrauen." Silke streichelte mir den Kopf und sah mich liebevoll an. „Na komm. Wir kochen erst mal etwas. Mit vollem Magen denkt es sich besser." Schwanzwedelnd lief ich Silke voran ins Haus und schaute ihr zu, wie sie das Abendessen vorbereitete.

Ich lag zwischen Silke und Andreas auf dem Sofa und ließ mich von beiden Seiten streicheln. „Siley hat doch ein fantastisches Leben...", überlegte Andreas laut, „Er ist immer bei dir und wird mehr als verwöhnt. Die Idee mit der Zufluchtsstätte für Hunde, das solltest du ernsthaft überlegen. Du bist die Richtige für so etwas." „Ich muss gestehen, dass mich diese Idee tatsächlich nicht loslässt. Mein Hof ist groß genug und auch im Haus wäre genug Platz, um viele Hunde aufnehmen zu können, damit sie im Rudelverband wieder sozialisiert werden können." Ich war mir nicht sicher, ob mir der Gedanke gefiel, denn als Einzelprinz bei Silke hatte ich alle

Annehmlichkeiten für mich ganz allein, jedoch fand ich auch Gefallen daran, dass misshandelte und unerwünschte Hunde bei uns Ruhe finden würden. Meine Aufmerksamkeit wurde plötzlich von dem Gespräch der beiden abgelenkt und ich sprang vom Sofa. „Siley scheint jetzt schon eifersüchtig zu sein.", vermutete Andreas lachend. Ich rannte zur Tennentür und winselte, während ich zur Türklinke hinaufschaute, damit Silke mir öffnete. „Musst du etwa nochmal raus, bevor wir schlafen gehen? Du warst doch vor einer halben Stunde erst mit mir bei den Schafen, um den Stall zu schließen." Silke stand auf und schlüpfte in ihre Schuhe, bevor sie zu mir kam.

Auf dem Hof blieb ich kurz stehen, um mich umzuschauen, was meine Unruhe ausgelöst hatte. Ich wusste, dass etwas nicht so war, wie es sein sollte und schaute mich um. Ein leises Zischen vom Tor erklang und ich kniff die Augen zusammen, um besser durch die Dunkelheit schauen zu können. Zwei schemenhafte Gestalten standen vor dem Tor und blickten zu mir. Silke hatte das Licht im Hof angeschaltet und so konnte man uns deutlich erkennen, während die Einfahrt im Dunkeln lag. „So, nun mach, ich bin müde und möchte ins Bett.", forderte Silke mich auf, immer noch im Glauben, dass ich mich erleichtern müsste. Mit einem leisen Bellen rannte ich zum Tor und Silke blickte mir nach. Sie hatte endlich bemerkt, dass ich nicht pinkeln musste und schaute zur Dielentür und wieder zu mir. Ich stand am Tor und lief schwanzwedelnd hin und her. Hinter mir ging Silke zum Haus, rief „Andreas!", hinein und kam dann langsam zu mir.

„Siley... komm hier her.", ihre Stimme war voller Sorge. „Sie sein Frau, die wegen Carola und Andrej sucht?", fragte eine Stimme mit deutlichem osteuropäischem Akzent. Silkes Augen hatten sich an die Dunkelheit gewöhnt und nun erkannte sie das junge Pärchen, Maria und Alexandru, die auf dem Hellmers-Hof arbeiteten. „Oh, Sie sind es. Was machen Sie hier?" Silke sah die Straße hoch, ob noch jemand da wäre. „Wie mit Sie reden müssen. Dringend." „Kommen Sie herein.", Silke öffnete das Tor und ließ die beiden auf den Hof. Hinter ihnen schloss sie es sofort wieder. „Woher wissen Sie, wo ich wohne?" „Hellmers gesprochen mit Krüger, er gesagt, wo Sie wohnen." Andreas kam aus dem Haus und als er die beiden jungen Leute sah, lief er schneller. „Was ist hier los?", fragte er besorgt. „Maria und Alexandru wollen mit uns reden.", erklärte Silke und bat die beiden ins Haus. „Nein, keine Zeit. Krüger hat versteckt Carola und Andrej. Sie müssen mitkommen, bitte, schnell. Er wird sie morden." Silke sah Andreas an, der ins Haus rannte und seine Autoschlüssel holte. „Einsteigen.", sagte er knapp und als wir alle im Wagen saßen, raste er durch die leeren Straßen. Silke rief während der Fahrt Marc Rohloff an und setzte ihn mit wenigen Worten in Kenntnis, dass er umgehend zum Hof von Krüger kommen müsse.

12

Andreas parkte den Wagen etwas abseits, damit man unsere Ankunft nicht bemerkte. „Hier lang. Krüger hat gesperrt Carola und Andrej in Schweinestall." Alexandru ging voran, wir schlichen durch den Garten und hielten uns abseits der Lampen, die hell leuchteten. „Siehst du den Geländewagen?", fragte Silke und zeigte neben den Stall, „Kannst du erkennen, was darauf steht?" Auf dem Wagen war Werbung angebracht und Silke versuchte zu entziffern, was darauf zu lesen war. „Baumschule Meinen.", las sie zwischen dem Dreck auf dem Wagen heraus. „Das ist doch die Baumschule, die in Nordloh ist." „Haben Sie den schon einmal hier gesehen?", fragte Andreas die beiden Rumänen. „Einmal der war hier, hat gebracht Pflanzen. Wir haben nicht immer geguckt, wenn wir mussten arbeiten." „Okay... aber mitten in der Nacht ist das eher ungewöhnlich, dass hier Pflanzen geliefert werden." „Bleiben Sie bitte hier und warten auf die Polizei. Herr Rohloff wird gleich eintreffen, bringen Sie ihn bitte hier her." Silke drückte der Frau zuversichtlich die Hand und lächelte ihr zu. Sie nickte und ich fühlte ihre Dankbarkeit und Erleichterung.

Silke wies mich an, nah bei ihr zu bleiben, dann schlichen wir geduckt weiter. Ich hörte Stimmen aus dem Stall und knurrte leise. „Psst... Sie dürfen uns nicht bemerken." Andreas stolperte über einen dicken Ast und fiel mit einem dumpfen Knall auf die Knie. Erschrocken blieben wir stehen und lauschten, ob man im Stall das Geräusch gehört hatte. „Was war das?", hörte ich jemanden fragen. „Was denn?" „Hast du das nicht gehört?" „Ich habe nichts gehört. Los, wir müssen das nun hinter uns bringen." Silke holte tief Luft und half Andreas wieder auf die Beine. „Tut mir leid.", flüsterte dieser und schlich hinter Silke und mir her. Wir kamen am Schweinestall an und schauten durch eines der Fenster. Andreas hatte mich hochgehoben, damit ich ebenfalls hineinschauen konnte. Im Innern sahen wir vier Personen. Bauer Krüger stand mit einem Messer in der Hand vor zwei anderen, die wir als Carola und Andrej identifizierten. „Keine Minute zu spät...", flüsterte Silke, „Wir müssen etwas unternehmen, bis Marc da ist, könnte es zu spät sein." Andreas ließ mich herunter und ich suchte einen Eingang in den Stall. Auch mir war bewusst, dass es nun schnell gehen musste, bevor Krüger die beiden Journalisten umbringen würde. „Kennst du den anderen Mann?", fragte Andreas. „Nein, das wird aber wohl der Baumschulist sein, dessen Wagen auf dem Hof steht."

Auf der Seite fand ich eine zugewachsene Tür und holte Silke und Andreas zu dieser. „Gut gemacht, Siley.", lobte Silke mich. „Bleibt Ihr erst hier draußen, ich will den Überraschungsmoment nutzen.", mit diesen Worten schob Silke Andreas und mich rechts von der Tür in einen Busch. Sie öffnete die kleine Tür, spähte durch den Spalt und riss sie dann auf. „Weg von den Leuten!", brüllte sie. Bauer Krüger und der Baumschulist Meinen drehten sich erschrocken um. „Wie kommen Sie...", stotterte Krüger. „Weg von den Leuten!", wiederholte Silke und betrat den Stall. Der Baumschulbetreiber ließ die Schultern hängen, der Bauer jedoch fasste sich schnell und trat näher an Carola und Andrej heran. „Wie wollen Sie mich aufhalten?", lachte er hämisch.

Silke ging unbeirrt weiter auf ihn zu. „Glauben Sie etwa, dass ich allein da bin?" Silke sah sich zu uns um und gab ein Zeichen, dass wir hereinkommen sollten. Andreas und ich wollten einen Schritt nach vorne machen, hatten uns jedoch in dem Busch, in den Silke uns geschoben hatte, verheddert, da es sich um einen Brombeerbusch handelte. Wir hatten Mühe, uns daraus zu befreien. „Ich sehe niemanden außer Ihnen.", lachte Krüger. „Los, schnappe sie dir!", rief der seinem Freund Meinen zu. Dieser hatte sich ebenfalls wieder gefasst, er griff sich Silke und zückte eine Waffe, die er ihr an den Kopf hielt. „Sie werden uns nicht in die Quere kommen." Mein Herz blieb fast stehen, als ich das sah, und ich riss mich voller Wut los. Andreas kämpfte noch mit den Brombeerranken, während ich bereits in den Stall gerannt war. „Dein Köter wird als erster dran glauben.", lachte Meinen und zielte dann auf mich. Silke schlug nach ihm, doch er war weitaus kräftiger als sie und ich hörte, wie er

seine Waffe entsicherte. „SILEY! HAU
AB!", schrie Silke und gab ihr Bestes,
dass Meinen nicht zum Schuss kam.

„WAFFE RUNTER!", brüllte Andreas
von der Tür, er hatte es geschafft, sich
aus den Brombeeren zu befreien.
Meinen sah ihn mit großen Augen an
und auch Krüger schien verwirrt zu
sein. Diesen Moment nutzte ich und
sprang so hoch ich konnte, um dem
Baumschullisten in den Arm zu
beißen. Ich flog halb durch die Luft,
angetrieben von Adrenalin, das mir
aus Angst um Silke durch die Adern
strömte, und biss dem Mann mit aller
Kraft in den Unterarm. „AAAHHH!",
gellte sein Schrei durch den Stall, er
ließ vor Schmerz seine Waffe fallen.
Silke ließ sich sofort auf den Boden
fallen und griff nach dieser. Bauer
Krüger stand mit offenem Mund da
und begriff noch nicht, was vor sich
ging.

Mit großen Schritten rannte Andreas
auf Krüger zu und trat ihm die Beine
weg, sodass der Bauer lang auf den
Boden aufschlug. Das Messer fiel ihm
dabei aus der Hand und Andreas
schoss es quer durch den Stall. Silke
hatte mich gegriffen und in den Arm

genommen. „Du bist mein Retter, mein Held.", sie gab mir einen Kuss. Ich war selbst erstaunt, wie hoch ich trotz meines Alters noch gesprungen war, aber es ging um meine Silke, die das gleiche auch für mich getan hätte. In diesem Moment betraten zwei Polizisten den Stall. „Polizei! Waffe fallen lassen." Silke kam den Worten nach, indem sie die Pistole den Polizisten reichte. Marc betraf kurze Zeit später den Stall.

Der Kommissar verschaffte sich einen Überblick über die Situation und schüttelte nur den Kopf. „Das glaube ich nun nicht. Ihr hattet auf die Einsatzkräfte warten sollen, hatte ich gesagt." „Es musste sofort gehandelt werden.", entschuldigte sich Silke und zeigte auf die beiden Journalisten. „Das sind Carola und Andrej, Krüger und sein Mitstreiter Meinen, waren gerade im Begriff, die beiden umzubringen." Die Polizisten lösten die Fesseln der Journalisten, Carola weinte fürchterlich und Silke nahm sie in den Arm. „Es ist vorbei... alles wird gut." „Danke... ich dachte wirklich, das wäre nun unser Ende. Und das nur für diesen Artikel." „Maria und Alexandru haben uns geholt, als sie bemerkt haben, was hier vor sich ging." „Geht es den beiden gut?" „Ja, sie sind draußen. Sie haben sich große Sorgen um Sie gemacht. Ebenso wie Ihre Schwester Janina." Langsam beruhigte sich die junge Journalistin und als der Rettungswagen eintraf, um die beiden zur Beobachtung ins Krankenhaus zu bringen, reichte Silke der jungen Frau ihr Smartphone, „Rufen Sie bitte noch Ihre Schwester an, damit sie weiß, dass es Ihnen so weit gut geht."

13

„Es war seine Idee.", beschuldigte Krüger seinen Komplizen. „Du wolltest günstige Arbeitskräfte haben, ich habe nie gewollt, das jemand ermordet wird!", verteidigte sich Meinen, als den beiden die Handschellen angelegt wurden. „Krüger kam auf die Idee, dass die rumänische Im- und Exportfirma, mit der ich Pflanzen nach Osteuropa verkaufe, uns günstige Arbeitskräfte besorgen könnte. Die beiden Betreiber haben uns dann Leute angebracht, die ohne Visum hier waren. Man findet hier doch keine Leute mehr, die bereit sind, zu arbeiten, außerdem sind die Deutschen viel zu teuer." Der Baumschulbetreiber redete wie ein Wasserfall. „Das erklärt aber noch nicht, warum Sie Ihre Mitarbeiter umgebracht haben.", warf Silke ein und erntete von Marc einen finsteren Blick, den sie jedoch ignorierte. „Krüger hat angefangen, die Leute auf wenige Euros herunterzudrücken, indem er ihnen 700 Euro Miete abverlangt hat und das von jedem, obwohl sie sich mit vier Personen ein Zimmer teilen mussten. Sie mussten täglich über 12

Stunden arbeiten." „Halt die Fresse!2, schnauzte Bauer Krüger ihn an. „Du hast doch auch davon profitiert." „Das habe ich, aber als die Rumänen sich dagegen gewehrt haben, wollte ich aufhören, du hast aber den Hals nicht voll kriegen können." Silke sah Herrn Meinen an, „Sie hätten die Polizei einschalten können." Der große Mann schaute betreten zu Boden, „Das hätte ich besser auch getan. Vor allem, als der da den ersten Rumänen erschlagen hat, nur, weil er sich geweigert hatte, unter den Bedingungen zu arbeiten und nach Hause fahren wollte. Um diesen Mord zu vertuschen, musste dann auch ein Zeugen mundtot gemacht werden."

Krüger wollte auf Meinen losgehen, doch die Beamten hielten ihn fest. „Du Verräter! Du hängst da genauso mit drin. Du hast doch Wassili getötet, weil er dies Journalistenpack mit Informationen versorgt hat." „Ich konnte doch nicht riskieren, meine Baumschule zu verlieren." „Aber warum mussten Sie Ihre Geschäftspartner aus dem Weg räumen? Sie waren doch diejenigen, die Ihnen die günstigen Arbeitskräfte besorgt haben." Marc baute sich vor Meinen auf, der sich alles von der Seele zu reden wollen schien. „Es kam eins zu anderen. Als meine Geschäftspartner der Im- und Exportfirma hinter unsere Machenschaften gekommen sind, da hat er diese ebenfalls umgebracht. Sie hatten ihren Landsleuten lediglich die Möglichkeit geben wollen, gutes Geld zu verdienen, doch dass sie quasi wie Sklaven behandelt wurden, missfiel ihnen. Sie wollten ihre Landsleute wieder in die Heimat bringen. Und dann kamen die beiden Journalisten auch noch auf den Plan. Krüger hat sie hier die ganzen Tage versteckt, da Sie und Ihre Kollegen den Nachbarhof im Visier hatten. Ich hatte gehofft, dass Sie, nachdem ich Ihnen den Drohbrief in den Postkasten geworfen hatte, aufhören würden, der Sache nachzugehen." „Damit haben Sie mich erst Recht auf den Plan gerufen, ich lasse mich nicht einschüchtern. Wieso haben Sie die Leichen im Kanal entsorgt? Das würde mich brennend interessieren." „Das war der Schwager von Krüger. Die beiden meinten, dann würde es aussehen, als wären sie ertrunken und niemand würde Fragen

stellen." „Das war wohl nicht so helle...
Fünf Personen, die innerhalb einer
Woche im Kanal ertrinken." „Sie
meinten, dass sie mit der Strömung
weggeschwemmt würden." Silke
schüttelte den Kopf und Meinen
rollten ein paar Tränen die Wangen
herunter. „Es tut mir alles so leid. Das
ist aus dem Ruder gelaufen." „Die Reue
kommt etwas spät...", meinte Silke und
ging angewidert aus dem Stall.

Die beiden Männer wurden mit zwei
Streifenwagen weggefahren und ins
Untersuchungsgefängnis gebracht.
Marc stand etwas verlegen auf dem
Hof von Krüger. „Ja bitte?", fragte Silke,
„Du möchtest doch sicher etwas
loswerden." „Woher wusste Siley, dass
Krüger unser Haupttäter ist?" „Siley
hat ein sehr feines Gespür und auch,
wenn uns Krüger mit seiner
überfreundlichen Art eine Weile
blenden konnte, Siley hat Sinne, die
ein Mensch nicht besitzt. Du darfst
ihm ruhig mehr vertrauen." Silke
lächelte mich stolz an. „Moin." Bauer
Hellmers unterbrach das Gespräch.
„Maria und Alexandru haben mir
gesagt, was hier los war." „Haben Sie
die beiden auch über Meinen

angestellt?" „Nein, wir haben uns in einer Kneipe kennengelernt und ein Arbeitsvisum beantragt. Die beiden sind meine guten Seelen auf dem Hof." „Wussten Sie von den Machenschaften Ihres Nachbarn?" „Eheleute Hellmers gute Leute. Wir kriegen 15 Euro in Stunde und haben drei Monate Urlaub, um in Heimat fahren zu können. Für Wohnung er kein Geld nimmt von uns." Alexandru nahm Hellmers in Schutz, der ihn freundlich anlächelte. „Danke Alexandru. Die Polizei muss das fragen. Aber ich wusste davon nichts. Die Beiden hier haben erst nach Wassilis Tod begriffen, was los war, und hatten Angst, daher habe ich sie in einem Hotel versteckt. Sie waren nicht in Rumänien, ich wollte sie schützen." Marc sah erstaunt zu Hellmers und Silke begann zu lachen. „Entschuldigen Sie bitte, aber Sie haben sich als unhöflicher Geselle präsentiert." Der Bauer winkte ab, „Ich habe mir große Sorgen um die beiden gemacht, nachdem sie mir erzählt haben, dass Wassili tot und die beiden anderen Helfer, die sich nun als Journalisten entpuppten, verschwunden waren. Hätte ich etwas von dieser menschenverachtenden

Ausbeute mitbekommen, dann hätte ich das sofort gemeldet. Mir kann man nur Wilderei nachsagen." „Wegen der Wilderei... Ich werde zusehen, dass es als Ordnungswidrigkeit abgetan wird." „Ich werde dafür gerade stehen, was ich verbockt habe.", meinte Hellmers und nickte uns noch einmal zu, als er mit Maria und Alexandru nach Hause ging.

„Da lag ich dieses Mal aber gründlich daneben...", gab Marc zu. „Gut, dass Siley da ist.", zwinkerte Silke und hakte sich bei Andreas ein. „Lass uns fahren, ich bin müde." Marc wollte noch ins Krankenhaus zu Carola und Andrej fahren, um ihre Zeugenaussage aufzunehmen. Ich bekam noch ein feines Leckerli für meinen Einsatz und kuschelte mich in Silkes Arme, wo ich sofort einschlief. Am nächsten Morgen weckte uns in aller Frühe das Telefon. „Ihr werdet berühmt.", hörte ich Marc sagen, „Frau Wilts und ihr Freund wollen auf jeden Fall den Artikel über die Ausbeute rumänischer Arbeiter schreiben und Siley soll darin lobend als ihr Lebensretter erwähnt werden." Silke strahlte mich an, „Siley ist eben der beste Hund, den ich mir wünschen kann." „Ich bringe Brötchen mit, dann würde ich gern einen Kaffee bei Euch bekommen, das war eine harte Nacht und ich habe noch nicht geschlafen." Silke weckte Andreas, der im T-Shirt und Shorts aus dem Gästezimmer kam. „Ich dachte, ich könnte ausschlafen, es ist doch Samstag." Silke erzählte von dem Artikel, „Ich hoffe nur, dass sie nicht alle über einen Kamm scheren, denn es gibt, so wie Bauer Hellmers, der seine Arbeiter wertschätzt, es gibt schließlich nicht nur schwarze Schafe. Andreas nickte und sah Silke liebevoll an. Wir haben ein schönes Leben, stellte ich fest.

Draußen wartete Lissy auf mich, sie spürte, dass ich noch ein wenig aufgewühlt von der gestrigen Nacht war und sie forderte mich zum Spiel auf, dem ich gern nachkam. Gemeinsam tollten wir über die Wiese und ich konnte die Bilder der Toten langsam vergessen. Ein Wagen fuhr vor und ich dachte, es wäre Marc mit den Brötchen, doch am Tor stand Janina Wilts. Sie hielt einen großen Korb in ihrem Arm, gefüllt mit Köstlichkeiten. Ich bellte laut nach Silke, die heraustrat und Frau Wilts einlud, ins Haus zu kommen. „Danke, aber ich will wieder zu meiner Schwester, sie wird heute aus dem Krankenhaus entlassen. Frau Lüttmann, Sie haben meiner Schwester das Leben gerettet." Silke lächelte verlegen, „Eigentlich war das mein Hund Siley." „Für ihn ist hier auch etwas drin." Janina Wilts überreichte Silke den Korb und fuhr glücklich zu ihrer Schwester. „Ach Siley, ohne dich bin ich nichts, du machst mich komplett." Ich wedelte fröhlich mit dem Schwanz und Liebe lag in der Luft.

Epilog

Niemand sollte ausgebeutet werden und Arbeit, egal welcher Art man sie ausübt, sollte wertgeschätzt werden. Der Spruch „Es gibt nichts Gutes, außer man tut es." wurde mir oft gesagt und es steckt viel Wahrheit darin. Gutes tun, das ist ganz einfach. Auch kleine Hilfen, Gesten oder Spenden bringen die Welt nach vorn. Man doch nur aus eine Tasse trinken und von einem Teller essen, ein wenig Luxus ist durchaus auch schön, aber noch schöner ist das Gefühl, etwas Gutes getan zu haben. Mein Frauchen hat ein goldenes Mittelmaß für sich gefunden, dass wir es gemütlich haben, aber auch genug da ist, es für andere zu geben. Seitdem Silke Bekanntschaft mit einem Hundeasyl gemacht hat, treibt sie der Wunsch um, eine ähnliche Einrichtung in Deutschland zu errichten. Für all die Hunde, die kein gutes Leben erfahren durften. Warten wir ab, was daraus wird...

In diesem Sinne grüßt Euch

Siley

Tod im weihnachtlichen Augustfehn

Print: ISBN 9783759733511
E-Book: ISBN 9783759728432

Tod in Holtgast

Print: ISBN 9783757814939
E-Book: ISBN 9783757842529

Tod im friedlichen Roggenmoor

Print: ISBN 9783757879372
E-Book: ISBN 9783756882571

Tod im ländlichen Vreschen-Bokel

Print: ISBN 9783757814939
E-Book: ISBN 9783757842529

Tod an der Bokeler Brücke

Print: ISBN 9783752825953
E-Book: ISBN 9783757873370

Tod im beschaulichen Augustfehn

Print: ISBN 9783756800148
E-Book: ISBN 9783756830220

Tod im Aper Tief

Print: ISBN 9783754349410
E-Book: ISBN 9783756846528